Zum Buch

Die Prüfung vieler Schamaninnen besteht darin, körperlich und seelisch unerträgliche Situationen wie Einsamkeit, Angst, Kälte zu überstehen. So ist auch der hier geschilderte Initiationsweg keine unbeschwerte Reise, sondern ein verwirrender und schmerzhafter Prozeß, eine Grenzwanderung zwischen „Normalität" und „Wahnsinn".
Seelenführerin und Symbol dieser Suche ist Kalypso, *Zauberin, Priesterin, Göttin. Die Ich-Erzählerin erlebt, losgelöst vom Körper, fremde, beängstigende Zustände, bedrohliche Nähe zur eigenen Gewalt und zu furchterregenden Aspekten ihrer Sexualität. Offen bleibt, was Traum, Vision oder gelebt ist, die Grenzen der verschiedenen Realitätsebenen verwischen sich. Indem die Erzählerin auf ihrem Weg zu ihren verschiedenen Persönlichkeiten und Fähigkeiten findet, wird sie schließlich heil und ganz, im wahrsten Sinne des Wortes widerstands-fähig.*

LUISA FRANCIA

Kalypso

Frauenoffensive

FÜR ILSE UND WALLI

geschrieben 1983 in München und Gozo/Malta

3. Auflage, 1995

(Knollerstr. 3, 80802 München)

ISBN 3-88104-138-9

Satz: Compotext, München
Druck: Clausen & Bosse, Leck

Foto der Autorin: Barbara Gass

Titel- und Buchgestaltung: Ine Guckert
Titelbild: Henri Rousseau „Schlafende Zigeunerin"

Dieses Buch ist gedruckt auf Papier aus chlorfrei gebleichtem Zellstoff.

INHALT

Die Verschiebung der Welten

Das Meer rollte Welle um Welle über Sand und Steine, bis es meine nackten Zehen erreichte. Es schmiegte sich in die Mulden zwischen den Zehen, kroch hinauf über die Knöchel. Mit jeder Welle stieg ich tiefer hinein in die kühle Umarmung, fühlte den Rand des Wassers an meiner Haut steigen bis zu den Spitzen meiner Brüste, über den Hals hinauf, leicht und liebkosend bis zu meinem Mund, bis es sich schließlich über mir schloß und ich, mich öffnend hinabtauchte in den tiefen Leib der schillernden Verwesung, des allgegenwärtigen Todes. Doch noch in der finstersten Tiefe hörte ich die Stimmen der Freundinnen, der Sirenen auf den Felsen, Wellengesänge von grausiger Schönheit, berauschend, betäubend, erweckend.

Sie sangen von den Riesinnen, die große Tempel erbaut hatten in einer Nacht. Das Stampfen der Meerwellen wurde zum Stampfen ihrer nackten Füße, wie sie Nacht für Nacht in den weiten Höhlen der Erde feierten.

Kalypso ist die letzte auf der Insel, die das Geheimnis kennt. Sie trägt die Last des Verschließens. Mit ihrer goldenen Spindel webt sie die Fäden der Erinnerung. Denn nach ihr kommen die Zeitalter des Vergessens. Die Tempel verfallen, die Lieder sind verklungen.

Um die Klippen ihres Felsens hoch über dem Meer lagern die Fäden ihrer Traumgespinste wie Nebel. Zarten Spinnweben gleich setzen sie sich fest in

Seelen, die sich öffnen. Leichte, unsichtbare Nebel, die kein Schwert zerschneiden, keine Mauer umschließen, keine Zeit auflösen konnte. Sie warten auf dich, auf mich. Kalypso, meine Schwester, meine Seele,
ich erinnere mich,
ich erinnere mich …
Tanzend überwinde ich die Wächter der Erinnerung, sie stellen mir Prüfungen: „Du spinnst!“ sagen sie und beobachten meine Reaktion. „Wissenschaftlich ist das nicht nachweisbar.“ Wenn ich aber tanze, immer im Kreis herum tanze, den linken Fuß voran, dann werden sie träge und lustlos. Sie schweigen und ich kann weiter gehen, tiefer hinein in die unbekannten Kammern meiner Erinnerung. Zuerst sehe ich Kindheitserlebnisse, irgendwo steht meine lachende Mutter, in einer anderen Ecke das Gladiolenbeet und die Laube, die wir früher hatten. Ich sitze auf dem Gras und schaue einer Biene zu. Nur ich weiß beim Anblick dieses Bilds, daß ich panische Angst vor ihr habe. Tief im Keller meines Herzens sehe ich ein Gitterbett. Ich stehe darin und schreie. Alles ist weißgestrichen. An der Glastür, weit fort von mir, steht meine Mutter und weint. „Wenn Sie immer weinen, tun Sie dem Kind keinen Gefallen. Dann dürfen Sie nicht mehr zu Besuch kommen“, sagt ein Arzt. Vorbei, vorbei. Ich muß weiter. Es wird enger und dunkler, das Pochen des Blutes wird lauter. Weiter muß ich, aber wohin? Werde ich auch zurückfinden?

Da ist eine graue Ebene, umstanden von hohen Felsgebirgen. Zweihundert Menschen, die ich kenne, sind hier versammelt. Auf dem Steppenboden wächst kein Gras. Inmitten dieser kargen Landschaft sind zweihundert Klappstühle aufgestellt, alle sind auf einen Tisch mitten im Hochplateau ausgerichtet, an dem sich ein alter Mann mit langem, grauem Bart zu schaffen macht. Er räuspert sich und schlägt mit einem Hammer auf den Tisch. „Nun, vielleicht können wir jetzt anfangen“, sagt er ungeduldig.

Alle setzen sich und schauen ihn an. Es sollen Möbel versteigert werden, die dreitausend Jahre alt sind. Unter ihnen erkenne ich Stücke aus meiner Wohnung. Dies soll „die letzte Versteigerung“ sein. Ich wende mich ab und sehe, daß für mich kein Stuhl vorgesehen ist. Ich bin gar nicht zur Versteigerung gekommen. Vielmehr soll etwas anderes, etwas Ungeheuerliches passieren, von dem nur ich weiß. Ich trage einen Fotoapparat mit einem Teleobjektiv um den Hals und schaue nach Westen, wo der Himmel langsam hell wird.

Zwischen den Berggipfeln fängt es an zu glimmen und zu gleißen. Einer der Felsen entpuppt sich als eine Art Pyramide, die ganz oben, unter der Spitze ein kreisrundes Loch hat. Ich halte die Kamera ans Auge und visiere das Loch an.

Hinter mir geht die Versteigerung voran, ohne daß jemand von dem zu erwartenden Ereignis Notiz nimmt. Ein Lichtstrahl fällt durch das Loch und erleuchtet die graue Steppe, die warm und lebendig wird. Das Licht trifft mein Auge. Geblendet lasse ich die Kamera sinken. Ein greller Lichtblitz, der bis zum Grund meiner Seele fährt, legt mit einem Schlag alles offen.

Verwirrt betrachte ich die unbekannten Bilder meiner Erinnerung, Bilder von Orten, an denen ich gelebt, von Menschen, die ich gekannt habe, lächelnde, traurige zornige Menschen. Sie blicken zu mir hinauf und ich starre hinunter umgeben von gnadenlosem grellen Licht. Ich taumle, ich falle. Im Fallen formt sich der Gedanke „die Sonne ging im Westen auf“.

Inmitten grüner, fließender Partikel steht ein Mann. Seine eigene Willenskraft läßt ihn fest erscheinen, aber mir fließt er immer wieder davon. Wellen seiner Unruhe branden bei mir an.

„Was hast du?“ sagt er. Die Automatik in mir sagt „Nichts habe ich“. Die drängende Dichte seiner Gedanken in meinem Kopf läßt nach. Er beruhigt sich, und ich kann freier atmen.

Formen tauchen aus den tanzenden Teilchen auf, Formen, die mir bekannt sind: ein Auto, ein Hund, ein Fahrrad, ein Haus. In der Hand halte ich eine Handtasche. Ich krame darin herum. Ein „Reisepaß“ mit einem Foto. Zweifellos mein Gesicht. Eines meiner Gesichter auf jeden Fall.

Ich bin bei mir in meinen vielen Häuten. Bisher war ich zu oft nur bei ihm. In seinem Gesicht spiegelt sich mein Blick. Er hat Angst. Nicht um mich. Um sich selbst. Alles um mich herum festigt sich, und doch spüre ich dahinter die anderen Bilder. Ich weiß, daß diese Festigkeit trügerisch ist. Meine Verwirrung besänftige ich mit der Zeitautomatik.

„Was für ein Jahr haben wir?“ frage ich beiläufig.

„1983“, sagt er und schaut mich besorgt an.

Es ist 1983, und ich kann mich darauf einstellen. Ich erinnere mich, wie man Kaffee trinkt, wie man Auto fährt, wie man höflich ist, wie man lügt ... Ich steige aus meiner Erinnerung auf, weise mein Gehirn an, die Zeitschwelle wieder zu überschreiten und bleibe dort. Körperlich muß ich jetzt überleben.

Die Gesichter der Entgegenkommenden zeigen trainierte Züge, dahinter wandern die Seelen frei und fließen durch mich hindurch. Ich schaue mir alles an, mit dem fremden Gefühl des Un-Vertrauens. Den Formen, den Menschen dieser Stadt kann ich nicht mehr trauen. Sie sind abgeschnitten von ihren wahren Kräften. Auch diesem Mann kann ich nicht mehr trauen. Er kennt sich selbst nicht, wie sollte er mich erkennen.

Mit der Erinnerung steigt eine neue Energie in mir auf. Ich beginne, meinen wirklichen, meinen in langen Zeiten gewirkten Körper wiederzufinden. Mir ist, als habe ich bis jetzt nur in einem Teil meines Wesens gelebt und fände nun Stück für Stück meine losgelösten Bilder wieder.

Mit einer Bemerkung, die mir unauffällig scheint, trenne ich mich mitten auf der Straße von dem Mann.

„Ich möchte jetzt meine Ruhe."

Dann lasse ich mich treiben. Meinem Körper kommt die Straße bekannt vor. Ich fließe mit dem Verkehrslärm und lasse meinen Geist umherschweifen. Vor einer Tür bleibe ich stehen und nehme an, daß es sich um meine Haustür handelt.

Der Schlüssel paßt, ich gehe hinein. Ein Palmengarten mit bunten Federn und Steinen, das ist meine Wohnung. Hier kann ich ausruhen und nachdenken. Mondwärts, ich muß mich mondwärts bewegen. Plötzlich bin ich beunruhigt, daß ich den Mond nie sehe. Manchmal taucht er über der Neonreklame am Haus gegenüber auf, fern, unaufdringlich, unbekannt. Unerkannt wandert er über die illuminierte Stadt. Unbemerkt, auch von mir.

Ich muß in den Wald. Muß wissen, was sich dort ereignet, wenn die letzten Spaziergänger in der fallenden Dämmerung fluchtartig die Wälder verlassen. Große dunkle Ozeane. Sie wogen und wispern. Was wissen wir von ihnen.

***

Traum

Eine Manege. Gitter waren wie vor einer Raubtiernummer heruntergelassen. Es war staubig. Hinter dem Gitter standen viele Menschen. Dumpf gingen sie auf und ab, starrten durch die Gitterstäbe. Wurden immer mehr. Ihr Gesichtsausdruck war vom Schmerz abgestumpft. Sie starrten, ohne zu sehen. Ihre Kleider hingen in Fetzen herunter. Sie gingen herum, ohne zu wissen, was sie taten. Ich bewegte mich zwischen ihnen umher, berührte sie. Die Berührung war klebrig, fettig. Bedrohlich waren sie nicht.

Es kam eine ältere, dicke Frau mit einer schmuddeligen grünen Schürze, schob die Gitter ein wenig auseinander und deutete auf einen Mann. Der setzte sich in Bewegung und ging mit ihr. Angstvolles Raunen lief durch die anderen. Der Bezeichnete ging mit der Frau einen engen Gang entlang „nach hinten". Dort stand ein Mann, von dem ich wußte, daß er „einer der Brüder" war. Er nahm das Opfer in Empfang. Er trug einen weißen, blutbesudelten Kittel. Er war Metzger und schlachtete Menschen, die „nicht dazu" paßten.

Die Menschen in der Manege warteten auf ihre Verwertung. Der Metzger und seine Schwester lebten von der verzweifelten Angst der Menschen in der Manege. Es erstaunte mich, daß der Bezeichnete nach einer Weile wieder aus dem dunklen Hintergrund auftauchte und in die Manege eingelassen wurde. Es fehlte ihm ein Stück seines Beins. Statt dessen war ihm ein Schinken an den Arm gebunden wie ein Markenzeichen.

Die anderen nahmen ihn knurrend und fletschend auf, verfielen aber bald in ihren alten Trott. Er nahm den Trott mit ihnen auf, und ich bemerkte plötzlich, daß auch die anderen irgendwo ein Stück Fleisch oder Wurst an ihren Körper gebunden trugen.

Ich selbst begann, stumpfsinnig in der Manege auf und ab zu gehen. Die Trägheit steckte mich an. Immer hin und her, ohne zu denken, ohne zu wünschen.

Weh-ren. Weh-ren. Weh-ren, hörte ich plötzlich. Eine Stimme sagte im Takt mit den wiegenden Körpern: „wehren". Ich konnte nicht erkennen, wer sprach. Aber andere griffen das Wort auf und warfen es sich schweratmend zu.

Auch ich begann es zu singen und wiegte mich dazu. Als die Schwester das Gitter wieder öffnete, hatte ich mich zu ihr vorgedrängt. Ehe sie noch einen benennen konnte, hatte ich sie am Kragen und war dabei sie zu „überwältigen". Jede Bewegung war klebrig und zäh. Ein Kampf fand nicht statt, nur quälend langsame Bewegungen, deren Unerbittlichkeit und Unbeirrbarkeit sie weiter zurückweichen ließen, ohne daß wir uns noch einmal berührt hätten.

Ich winkte mühsam den anderen, doch die wiegten sich in ihrem Lied „weh-ren, weh-ren". Ich ahnte, daß der Moment der möglichen Freiheit kurz sein würde.

Ich spornte mich an und sagte „Flucht. Flucht. Flucht." Alles mußte ausgesprochen, benannt werden, ehe an die Durchführung gedacht werden konnte.

Es hatte keine Eile. Alles war in Ordnung. Nur aussprechen mußte ich es: Flucht. Zwei oder drei schlossen sich mir träge an. Lautlos trieben wir durch den Korridor, der zur Metzgerei führte. Den Metzger überwanden wir nur durch unsere Anwesenheit und die Entschlossenheit unserer Gedanken. Meine Fluchtgenossen verlor ich alsbald aus den Augen. Ich wanderte zum „Hafen", der aus einem einzigen, halbverfaulten Holzsteg bestand. Die Oberfläche des Meers war bedeckt von Abfällen, verfaultem Obst und Plastiktüten.

Zerlumpte, betrunkene Gestalten lagen überall herum. Der einzige Unterschied zwischen mir und ihnen war die Tatsache, daß ich weitersuchte, auch ohne Hoffnung. Mein Ziel lag in der Suche. Eine Frau mit entblößter Brust saß zwischen Abfällen und lächelte meinen Gedanken zu. Ich ging auf sie zu, da streckte sie mir ihre Brüste hin. Volle, runde Brüste. Sie waren warm und lebendig. Als hätte ich nur das gesucht, setzte ich mich vor sie auf den Boden und begann, an ihren Brustwarzen zu saugen.

Mein Körper begann innerlich zu brodeln vor Leben. Auch ihre Schamlippen betrachtete ich ohne Verlegenheit. Sie schien auf mich gewartet zu haben und wußte, wie sehr ich nach ihrem Körper hungerte. Sie wusch ihre Brüste mit Zitronensaft. Sie sprach kein Wort mit mir, doch ich fühlte, daß sie meine Verachtung für die herumliegenden Menschen nicht billigte. Sie dachte in meinem Gehirn: du bist nicht besser als sie.

So verließ ich auch sie.
Ich verachtete die Mutlosigkeit.
Ich verachtete die Hoffnungslosigkeit.
Ich verachtete die Wehleidigkeit.
Ich verachtete die Zerstörung.
Ich verachtete die Hilflosigkeit.
Ich verachtete die Gier.
Ich verachtete ihre Geilheit
und meine.
Ich verachtete alles, was mich ihnen gleichmachte.
Ich verachtete mich selbst.

Ich sah Flüchtlinge ihre Matratzen von einem Haus zum nächsten schleppen. Ich sah sie sterben und doch weiter in ihren Autos herumfahren. Ich sah ihnen zu, wie sie nicht begriffen, daß sie tot waren und war selbst tot.

Ich kratzte mich an allen Stellen meines Körpers, von panischer Angst befallen, die Würmer könnten schon an mir fressen. Aber noch waren es Mücken, die sich von meinem Blut nährten.

Ich wischte sie fort.

***

Ich habe keine Zeit zum Träumen, weil ich schreiben muß. Ich sitze an der Maschine, den Kopf voller Wünsche und Ansprüche und mir fällt nichts ein. Ich lebe gesund und sehne mich nach Zigaretten und Vollräuschen.

Aber ich kann nicht rauchen. Ich kann nicht saufen. Die Sehnsucht pulsiert durch meinen Körper, und ich kann ihn nicht lieben. Ich kann niemanden lieben. Alle Gefühle haben mich verlassen und nichts fließt nach.

Die Schreibmaschine glotzt mich an. So eine teure Maschine! Und dann läutet das Telefon. So eine gute Idee! Und dann kommt der Briefträger. So ein klarer Gedanke! Und dann kommt der Gerichtsvollzieher. Ich lege mich aufs Bett und fülle mich mit fremden Emotionen an. Ich höre laute Musik. Höre fremde Liebesgeschichten. Sehe fremde Verzweiflungen. Lese tragische Geschichten, die nichts mit mir zu tun haben. Es belebt mich auf eine künstliche Weise, so daß ich nichts davon habe. Ich merke, daß es Menschen in meiner Umgebung gibt, die mich ermuntern, diese fremden Gefühle zu meinen eigenen zu machen. Zu meinem Lebensinhalt! Aber wozu? Ich komme nicht drauf.

Ich setze mich wieder an die Schreibmaschine. Ohne

mein Zutun beginnt sie plötzlich, meine Gedanken aufzuschreiben. Sie schreibt alles, was mir durch den Kopf läuft. Wort für Wort füllt sich das weiße Papier geschäftig mit meinen Ideen. Mein Herz rast! Die Maschine ahnt, was ich schreiben will! Sie ist auf meine Gedanken und Gefühle programmiert? Aber wie kann sie programmiert sein? Jemand kennt meine Gedanken? Wie kann jemand meine Gedanken kennen? Indem er dafür sorgt, daß ich sie denke!

Ich bin programmiert.

Mein Leben, Denken, Fühlen und Tun ist zur Wahrscheinlichkeitsrechnung reduziert. Die Maschine ist auf meine Lebensgeschichte, Eigenschaften, Vorlieben, Abneigungen programmiert. Daraus entwickelt sie meine Gedanken. Und ich bin so blöd, daß ich sie denke!

Ich setze mich näher an die Maschine und nehme den Kampf auf. Ich tanze ihr mit den Fingerspitzen auf den Tasten herum, sinnlos, zusammenhanglos, alle Gesetze von Logik, Stil, Satzbau, Grammatik oder Sinn durchbrechend. Und endlich habe ich sie soweit. Das packt sie nicht. Sie läuft heiß. Sie stöhnt und würgt, sie tickert gegen das Chaos an: vergebens.

Eine ganze Nacht lang kämpfen wir und im Morgengrauen zwinge ich sie nieder.

Meine unkontrollierten Ausbrüche sind überall durchgesickert, haben dicke Schleimspuren zwischen den elektronischen Teilen hinterlassen. Das Programmplättchen ist überzogen mit einem klebrigen Harz aus der Nebennierenrinde, und Worte wie „Polizeiverordnungsgesetz, Ölstandskontrolle, Veränderungsmöglichkeit, Erhebung“ hängen noch daran. Ich gebe der Maschine mit etwas Menstruationsblut den Rest. Dem Inferno aus Sehnsucht und Untergang folgt ein Sonnenaufgang, blaß und neu. Zum ersten Mal sehe ich, daß mein Arbeitszimmer nach Osten liegt.

Berührungen

Ein zerbrechliches Gebilde, verletzlich und brüchig, das ist der Schlaf. Ich merke es erst, als ich jede Nacht aufwache. Jemand scheint meinen Namen zu rufen. Aber als ich die Wohnung durchsuche, ist niemand zu sehen.

Eines Nachts folgt dem Ruf ein Lichtschimmer. Er liegt einem milchigen Schleier gleich in der schwarzen Türöffnung meines Schlafzimmers.

Ich bin todmüde und feige noch dazu. Also stehe ich auf, hebe beide Hände gegen die offene Schlafzimmertür und sage: „Nein, jetzt nicht." Daraufhin schlafe ich ruhig ein.

Aber in der nächsten Nacht kommt es wieder. Zuerst ruft eine Stimme meinen Namen, dann erscheint dieser Lichtschimmer.

Ich überlege, was ich tun soll. Aus dem Lichtschimmer löst sich eine große Spinne. Sie läuft an der Wand entlang auf mein Bett zu. Starr vor Schrecken beobachte ich sie. Sie beginnt mich einzuspinnen. Während sie geschäftig Faden um Faden zieht und mir manchmal bedrohlich nahe kommt, denkt es in mir „Traumweberin, Zaubersprecherin, Bilderspinnerin". Immer diese drei Worte, die in meinem Gehirn wie drei Kugeln endlos herumrollen. Mein Körper ist von silbrigen Fäden umwirkt, ein feines Muster, das einmal wie Kreise, einmal wie Gesichter auf mich wirkt.

Als sie fertig ist, bleibt die Spinne unmittelbar über meinem Gesicht an ihrem letzten Faden hängen und schaut mich an.

„Geh weg“, denke ich.

Sie zappelt mit den Beinen und bleibt, die Bewegung der Beine hat den ganzen schwarzen Körper in Schwung gebracht, er pendelt über meinem Gesicht.

„Ich muß schlafen“, denke ich. Dabei habe ich das Gefühl, daß es nicht mein eigener Gedanke ist. Die Spinne will mich dazu verleiten, einzuschlafen und auf die Wachsamkeit zu verzichten.

„Nein“, sagt sie. „Was bist du töricht. Denkst du wirklich, daß ich dir etwas antun will? Das habe ich nicht nötig. Schau dich genau an, dann siehst du, wie verwandt wir uns sind ...“

Ich schließe die Augen. Obwohl ich nicht einschlafe, fließen Traumbilder durch mein Gehirn:

Ich sitze mit einer alten Frau in einer Höhle. Wir spielen Domino. Ich bin gekommen, um sie herauszufordern. Domino hat eine besondere Bedeutung, die ich noch nicht kenne. Die alte Frau ist eine Hexe, eine Dämonin. Sie lächelt verächtlich. Ich lege einen Stein mit zwei Fünfer-Punkten auf den Tisch. Sie legt einen passenden dazu. Wir spielen, bis ich keinen Stein mehr habe. Ich bin sicher, daß auch sie keinen Stein mehr hat, aber da legt sie noch einen auf den Tisch. Sie gewinnt. Jedes Spiel gewinnt sie. Jedesmal lacht sie mich aus. Als ich die Steine vermische, nehme ich mir einen weg und schiebe ihn in den Ärmel. Ich nehme an, daß sie es nicht bemerkt hat. Wir spielen. Sie legt den letzten Stein an, die offene Punktezahl ist fünf. Ich ziehe meinen erschwindelten Dominostein aus dem Ärmel und lege ihn kühn an. Sie schnippt mit dem Finger. Ein Stein liegt in ihrer Hand. Es ist die Doppelfünf. Sie legt ihn an und lacht.

„Du hast verloren", sagt sie. „Wenn du lügen willst, mußt du die ganze Wahrheit kennen."

***

Mit zögernden Schritten stolpere ich in den neuen Tag. Ich begegne meinem Schatten. Er ist weiß, aber ich bin schwarz.

„Was hast du dir für heute vorgenommen?" fragt er spöttisch.

„Nicht wenig", sage ich.

„Weil Höflichkeit eine Form von Angst ist, will ich nicht mehr höflich sein.

Weil Angst eine Form von Zerstörung ist, will ich nicht mehr ängstlich sein.

Weil Zerstörung eine Form von Ohnmacht ist, will ich nicht mehr zerstören.

Weil Ohnmacht die Macht nährt, verweigere ich mich meiner Ohnmächtigkeit ..."

„Eins nach dem andern", sagt der Schatten und verschwindet.

In der Stadt fällt mir eine grausige Stille auf. Die wenigen Menschen, auf die ich treffe, liegen tot auf den Straßen. Ich sehe Häuserfassaden, aber dahinter sind keine Häuser mehr, nur Felder und Wiesen ohne Grün. So lange bin ich fortgewesen? denke ich. Ich schaue hinter die Fassade der Staatsbibliothek, da ist kein einziges Buch mehr, das mich mit seinen alten Erzählungen trösten könnte. Da ist eine Treppe, zusammengeschweißt aus Autoteilen. Diese Treppe führt höher und höher. Ich steige hinauf bis ans Ende und finde mich umgeben von einem pyradmidenartigen Aufbau aus bunten Autotüren, die in der Sonne glänzen. Dann mache ich mich endlich daran, zu fliehen. Ich gehe durch eine Landschaft, in der verbrannte Menschen liegen. Hier ein halber Mensch, dort ein halber Mensch. Eine Frau ist damit beschäftigt, einen Mann zusammenzusetzen und zu begraben. Ein schmaler Pfad führt durch die verwesenden Teile. Die Frau kann weinen. Meine Augen brennen. „Ist es denn wahr?“ frage ich sie.

Sie wäscht den Toten mit ihren Tränen, bis er ganz hell und schön ist. Dann gräbt sie ihn ein. Sie richtet sich auf und schaut in die Sonne. „Wer soll euch schützen, wenn wir auch gehen!“ seufzt sie. „Wie viele sind denn noch übrig, die sich klug dünken und alles zerstören! Ach ...“

Vor meinen Augen verschwindet sie, und ich finde mich auf einem hohen Geröllberg in der Wüste wieder. Es ist Nacht. Ein voller Mond ist aufgestiegen und leuchtet mir in der Unendlichkeit der Wüste und meiner Suche.

Ich atme und sauge das Licht in mich ein. Eine Hand legt sich auf meine Schulter.

Ich fahre herum und sehe eine Nomadin. Ihr Gesicht kann ich in der Dunkelheit kaum erkennen. Ihre Stimme aber ist alt und brüchig.

„Deine Traurigkeit hat mich angezogen“, sagt sie.

„Warum bist du traurig?“

Ich weiß es nicht mehr. Durch ihre Anwesenheit scheint meine Traurigkeit überflüssig, ja wehleidig.

„Ich suche ein Geheimnis“, sage ich.“ Es hat mit Kalypso zu tun. Mit der Insel der Frauen.“

„Zeit der Frauen“, murmelt sie.

„Was wußten sie, was uns verloren ist?“

„Wirst es schon finden“, brummt sie. „Jede Kraft zieht eine andere an. Du mußt nur sitzen und warten.

Doch wenn sie kommt, lauf nicht davon, auch wenn du Angst hast. Laufe nie einem unsterblichen Wesen davon. Es würde dir nämlich gar nichts nützen. Du könntest ihr nie entkommen, sie würde sich in deinem Nacken festsetzen und sich von deiner Phantasie eine Gestalt geben lassen. Sie wäre immer hinter dir, bist du den Mut hättest, dich umzudrehen und sie anzunehmen."

„Kennst du Kalypso?"

Die Alte lacht. „Ich kenne sie, ich kenne andere..."

Ich denke darüber nach, was sie über unsterbliche Wesen gesagt hat.

Steine poltern. Als ich mich umdrehe, ist die alte Nomadin verschwunden.

„Die Kraft die Kraft
die Wesen schafft
Traumweberin Zaubersprecherin
Bilderspinnerin
Finderin ..."
höre ich sie in der Ferne singen.

Hinter dem Horizont flackert die Fackel eines Ölfelds. Ich stehe auf und forme die Hände zu einem Trichter um den Mund:

„Wer bist du?" rufe ich in die Nacht hinaus.

„Wer bin ich", kommt es zurück.

Wer bin ich.

Ein einsames Auto durchleutet die Weite der Wüste mit seinen Scheinwerfern.

In letzter Zeit scheinen alle Ereignisse nur in mein Leben zu treten, um mich noch hilfloser zu machen. Ich rolle mich zwischen den Steinen ein, um zu schlafen. Mit der Erinnerung an die federleichte Hand der Nomadin, ihr zerfurchtes Gesicht, das einem Vulkanberg gleicht, schlafe ich ein.

„Fang dir einen Traum!" sagt die Stimme meiner Mutter.

Ich strecke beide Arme aus und greife nach einem Traum. Aber dann erinnere ich mich nur an fünf Mülltüten, die allein mitten in der Wüste stehen.

***

Eintauchen im Wald

Die Farblosigkeit der Stadt springt mich an. Ich gehe einkaufen. Vor mir liegt ein feuchter, grauer Korridor mit hohen Wänden, durch den Autos lärmen. Der Anblick dieser sonst vertrauten Straße ist mir verdächtig, ja zuwider. Atemlos bleibe ich stehen. Ich starre auf die regennasse Straße und sehe mich weit oben darüber fliegen, sehe Schachteln mit grauen Linien rundherum.

Ich zwinge mich weiterzugehen. Am Ende der Straße öffnet sich die Straßenschlucht wie von einem Reißverschluß aufgezogen. Meerwind braust durch die Öffnung und reißt das Bild ganz auf. Möwen schreien. Der kräftige, salzige Wind schafft immer mehr Raum für die Landschaft dahinter: einen Strand mit Tausenden von Kieselsteinen. Ich halte mich an meinem eigenen Körper fest. Direkt vor mir bekommt der Asphalt kleine Risse, die sich rasend schnell vergrößern. Ich trete zurück, um nicht in den Spalt zu fallen. Glück überschwemmt mich: auch dieser Asphalt ist nicht endgültig! Ich starre in den größer werdenden Spalt. Grüne Stengel mit noch geschlossenen Knospen drängen heraus. Immer weiter reißt die Straßendecke, knackt und stöhnt. Autos bleiben mit quietschenden Reifen stehen. Ich beobachte die Autofahrer, wie sie auf die Straße starren, wie sie streiten, wie sie sich gegenseitig mit der Hupe vorwärts schieben. Ich höre das Krachen der Gangschaltungen. Nur der Riß, der im Asphalt entstanden ist, erscheint mir real.

Ein Wind kommt auf, der das Heulen der Autos mächtig übertönt. Solange es diesen Wind gibt, ist nichts verloren! Solange Vulkane noch unkontrolliert Feuer ausspucken, können wir auf jeden Fall hoffen.

Das Fest von Erinnerung und Chaos teile ich mit den Bäumen im Wald. Je weniger ich den Formen der Stadt vertrauen kann, umso glaubwürdiger wird der Wald. Nicht die dürren Stengel der Fichten, gezüchtet nur für Maschinen, die sie zerschneiden und verarbeiten sollen. Nicht diese Bäume des unwürdigen Todes! Symbol des Untergangs ist mir das dürre Knistern der sterbenden Äste geworden. Ihre Trauer greift mich so sehr an, daß ich mich des starken Sogs von Verzweiflung und Hoffnungslosigkeit kaum erwehren kann. Die Angst erdrückt meine Bilder. Wie ein Feuersturm steigt sie auf in mir, wirbelt mächtig durch meine Adern und frißt alle Visionen.

„Lauf, lauf hinaus
aus dem düstern Todeshaus", wispern die Bäume.

So laufe ich, bis ich den freieren Atem der Tannen und Laubbäume spüre und mich unter ihren Blätterkronen fallen lasse.

Wenn ich lange genug laufe, kann ich die Anziehungskraft des Universums fühlen. Der Körper wird hochgezogen, schwebt gleichsam über der Erde, während die Füße den Boden nur leicht berühren, um den Körper vorwärts zu bewegen. Ich laufe, um nirgendwo anzukommen, und laufe schneller als je zuvor in meinem Leben.

Nach einer Weile verebbt der panische Atem, vereint sich mit dem Atem der Erde, teilt das große Ein- und Ausatmen aller Wesen und wird getragen. Der Körper kommt zur Ruhe. Der Geist liegt ganz in die goldenen Fäden der Sterne eingebettet, die Fäden der Kalypso, die sie Nacht für Nacht spinnt.

Jeden Stern ruft sie mit ihrem Gesang. Jeder Stern schickt sein Licht zu ihr, und sie verwebt es zu einem großen Teppich, auf dem alle Taten und Ereignisse der Menschen zu sehen sind. Kalypso, die Traumwebende, die Wirklichkeit wirkende.

Die Nacht verbringe ich in den Ästen einer Eiche. Der Wind hat sich gelegt. Nur leise rascheln einige Blätter. Als es dunkler wird, glimmen mir gegenüber zwei Punkte auf. Ich starre sie an, bis mir klar ist, daß es zwei Augen sind, die mich festhalten. Was für ein Tier könnte es sein? Wie wenig weiß ich über die Natur! Welche Tiere gibt es überhaupt noch? Eichhörnchen? Luchs? Dachs? Marder? Ich weiß so gut wie nichts über die Lebensgewohnheiten von irgendwelchen Tieren ...

Die Augen verschwinden. Wahrscheinlich schläft das Tier, denke ich. „Erkennst du mich?" fühle ich eine Frage in mir. Ich strenge meine Augen an, da sehe ich die fremden Augen wieder. Vorsichtig hebe ich meine Hand und führe sie in Richtung der glimmenden Punkte. Meine Fingerkuppen fühlen etwas sehr flaumiges, darunter dünne Knöchelchen. Etwas reibt sich an meinen Fingern. Ich beuge mich vor, um besser zu sehen. Ein dunkler Umriß ... ein Vogel? Je länger ich konzentriert schaue, umso klarer wird die Gestalt des Vogels. Sie hebt sich gegen den helleren Himmel ab.

„Du bist eine Eule", sage ich leise.

Sie reibt ihren Kopf an meinen Fingerspitzen. Ich kraule sie ein wenig. Federn bleiben unter meinem Nagel hängen. Drei Federn, wie im Märchen. Behutsam ziehe ich sie unter dem Nagel hervor, die drei kleinen Federn, und schiebe sie in meine Jackentasche. Dann strecke ich die Hand wieder aus nach ihr und berühre sanft ihr Federfell. Durch die Berührung fühle ich mich mit der Eule so verbunden, daß ich ihre Gedanken zu lesen glaube.

„Lerne sehen", zieht es durch meinen Geist. „Lerne fliegen, wie ich. Hebe ab von der Erde und werde leicht. Lerne, die Kraft des Alls stärker zu spüren als die Kraft der Erde. Sie kann dich hochheben. Laß dich treiben."

Das kann ich nicht, denke ich ungeduldig.

„Willst du lernen oder willst du Angst haben?" fragt die Eule. Sie breitet ihre Schwingen aus und erhebt sich mit einem Schrei in die Luft.

„Hebe die Hände hoch über deinen Kopf!"

Ich hebe die Hände und spreize die Finger.

„Hab keine Angst. Sie hindert dich nur! Jetzt fühle, wie die Kraft in die Fingerspitzen steigt!"

Ich lasse die Energie hochsteigen. In den Fingerkuppen pulst sie auf, bis ich ein Leuchten sehen kann, und da zieht es mich, hebt mich hoch, das Licht aus den Fingerspitzen scheint sich mit dem Licht der Sterne zu verbinden, ich schwebe. Ich fliege.

Die Bäume lachen leise: sie lernt, sie lernt ...

Ohne Flügelschlag schwebe ich wie die Eule über die Lichtung. Unter uns zieht der Wald mit seinen dunklen Wipfeln vorbei, drei kleine Weiher, ein nebelbedeckter Fluß, die Berge ... Wie schön sie sind, die Berge, mit ihren weißverschneiten Gipfeln. Wir fliegen über sie hinweg und lassen sie hinter uns. Immer noch fliegt die Eule vor mir her. Es wird heller.

„Ich habe nicht soviel Kraft!" denke ich und fange auch schon an, in der Luft zu taumeln, zu stürzen.

„Du hast genug Kraft!" antwortet die Eule streng.

Vor uns liegt schon das Meer, es wird wärmer. Wie tief unter mir das blaue Wasser schimmert! Und plötzlich ist die Eule fort. Sie hat mich verlassen! Ich kann nichts mehr erkennen. Ich stürze. Ich fühle, wie ich in rasendem Flug der Erde entgegenfalle. Ohne Hilfe werde ich zerschellen.

Ich zerschelle aber nicht, sondern sinke weich im sandigen Boden einer Wüstenebene ein. Ich setze mich auf und klopfe mir den Sand aus den Kleidern.

Das ist noch einmal gutgegangen, denke ich vergnügt. Die Federn der Eule sind mir aus der Tasche gefallen. Ich bücke mich nach ihnen. Als ich sie berühre, höre ich die Eule in meinen Gedanken.

„Folge der Steinziege."

Da ist zwar keine Steinziege, doch ich beginne mich in Bewegung zu setzen. Hier kann ich auf keinen Fall bleiben.

Ich schiebe die Eulenfedern in die Tasche und laufe. In der Ferne ragt ein Tafelberg aus der flachen Wüstenlandschaft. Es ist stechend heiß. Da ist kein Schatten, unter dem ich mich vor der Sonne schützen könnte. Mein Mund wird trocken, die Lippen springen auf.

Obwohl ich stundenlang auf den Berg zugehe, kommt er nicht näher. Schließlich kann ich mich kaum noch bewegen. Ich setze mich nieder, um auszuruhen.

Als ich wieder aufblicke, sitze ich direkt am Fuß des Tafelbergs. Ein Tier bewegt sich zwischen den Steinen. Die Steinziege. Ich muß ihr nach! Sie springt schnell von Fels zu Fels. Ich aber sinke immer im Sand ein, der zwischen den Steinen liegt. Ich rutsche aus und falle auf den heißen Sand. Ich bin versucht, mich dieser Wärme einfach hinzugeben wie einem warmen Körper. Ich kralle mich ein im Sand und drücke mein Gesicht zwischen die Steine. Der Wind bläst die Sandkörner an meine Haut. Es fühlt sich an wie sanftes Streicheln. Ich könnte unendlich liegen, aber da fällt mir die Steingeiß ein. Ich springe auf, und der Boden ist fest. Schnell steige ich zur Spitze des Berges auf. Kein Hindernis liegt mehr im Weg. Ich komme gut voran. Die Steingeiß sehe ich nicht mehr. Hinter einem großen Felsblock auf dem flachen Plateau des Tafelbergs taucht plötzlich das Zelt auf: ein gelbes, rundes Zelt mit bunten Bändern an der Spitze, oben ein rundes Loch, das von einem dunkelblauen runden Dach überkuppt wird. Das Zelt ist mit Seilen im Boden verankert. Die Zeltwand bewegt sich leise im Wind.

Ich setze mich und schaue das Zelt an. Ich weiß, ich kann nicht hineingehen. Irgend etwas umschließt wie eine Mauer den Raum, der das Zelt umgibt. Ich warte. Ich bin weder hungrig noch durstig. Ich möchte etwas fragen, aber wen und wie?

Während ich warte, kommen einige Menschen den Berg herauf. Bauern, junge Mädchen, ältere Frauen ... Sie legen sich auf die Erde vor dem Zelt und beginnen zu jammern und in die Erde hineinzuweinen. Ein vielstimmiger Klagegesang entsteht.

Einzelne Satzfetzen bleiben an meinem Gehör hängen und treiben weiter: „... schon seit Monaten ist sie krank, und niemand weiß, was ihr fehlt ...“ „... die Soldaten nehmen so viele Bestechungsgelder, daß der Weg zum Markt an allen Wachen vorbei mehr Geld kostet, als das Getreide auf dem Markt einbringt ...“

Doch plötzlich ist es ganz still. Die Menschen pressen ihre linke Kopfhälfte an die Erde und lauschen gebannt. Auf einigen Gesichtern erstarren die letzten Tränen zu einer mit Erde vermischten dunklen Spur. Sie alle sehen jetzt aus wie Kinder, die mit ihrem Schutzengel sprechen. Es ist so still, daß ich die Bewegungen der kleinen Tiere zwischen den Steinen hören kann.

Dann plötzlich sitze ich im Zelt, über mir die blaue Kuppel, um mich herum gelbes, warmes Licht. Ich spüre das Klopfen vieler Herzen außerhalb des Zeltes, die Erde vibriert davon. Mein Körper fängt die Vibration auf und schüttelt sich. Ich sehe mich in bunte Seidentücher gehüllt am Hof eines Königs. Er kommt auf mich zu. Ich hebe die Handflächen gegen ihn. Er schützt sich mit seinem Arm gegen meine Hände. Dann zieht er ein Messer aus seiner Tasche und nähert sich mir. Ich fühle seinen Körper an mir, weiche zurück, und dann fällt eine taube, fühllose Dunkelheit über mich. Jemand hebt mich auf ein Tier. Ich werde fortgebracht. Unter meinem Körper schaukelt der Körper des Tiers in seinem Tritt. Es schaukelt mich in Schlaf.

Es folgt eine lange Zeit des Tastens und Fühlens. Ich sitze Tag für Tag in einem Zelt, unter mir der feste Erdboden, um mich herum die Zeltwand. Ich bewege mich nie aus dem Zelt heraus. Ein kleines Mädchen bringt mir zu essen und zu trinken. Ich fühle ihre Gegenwart wie den leichten Flügelschlag eines Vogels. Ich beginne, ihr Bilder zu beschreiben. Die Welt, wie ich sie fühle. Ihre Aufmerksamkeit umgibt mich wie eine feine Decke. Ich fühle die Kraft der Königin in ihr.

Und eines Tages höre ich das Pochen der Herzen. Ich werde ganz still und lausche. Jede Schwingung trägt eine Botschaft. Ich horche in die Erde, aus der das Pochen kommt.

Ich beginne, mich auf eine der Schwingungen einzupulsen. Sie verbindet mich mit einem Körper. Ich sehe einen Mann. Er hat eine feine, helle Haut wie jemand, der nicht viel arbeiten muß. Liebe. Ja, das ist es, was er sucht. Er fragt mich, wo er die Liebe seines Lebens findet. Ich lache.

Ein anderer Puls, schwer und matt. Ernte. Sie möchte etwas über ihre Ernte wissen ... Und ich sehe volle Halme vor mir im Wind. Ich sehe Wein und Kürbisse. Glücklich geht die alte Frau fort.

Ich fühle, wie sie kommen, wie sie sich ausschütten, wie sie getröstet gehen ... Und immer bringt die Kleine mir zu essen und zu trinken. Sie legte ihre Hände in meine und fühlt in mich hinein. Sie gelangt bis in meine innersten Gedanken. Ich lasse sie ein, lasse sie schauen und horchen. Sie wird ein Teil von mir.

Aber es wird Zeit zurückzukehren. Das Zelt verblaßt. Ich fühle bereits das Aufglimmen der Sterne. Cassiopeia, die Himmelskönigin, die Quelle meiner Kraft, ist aufgegangen und mahnt mich. „Verlier dich nicht in der grauen Nacht ..."

Ich beginne den Abstieg, taste mich zwischen den Steinen hindurch, suche mir einen Pfad in der Dunkelheit. Doch ich falle. Meine Hände suchen nach einem Halt. Dann hänge ich an einem Ast der Eiche, unter mir das feuchte Gras der Lichtung.

***

Im Schlaf tauchen wirre Bilder und Visionen auf und peinigen mich. Oft wache ich schreiend auf. Die Erinnerung kämpft mit der Herr-Schaft. Die Seelentöter haben alles unter ihrer Kontrolle. Alle arbeiten für sie. Aber niemand weiß es. Sie sind überall. Ich spüre es. Widerstand können sie fühlen und genau anpeilen, sie sind sozusagen auf Widerstand geeicht. Dort konzentrieren sie sich und umzingeln dich. Sie fragen dich aus, lassen sich Papiere und Ausweise zeigen.

Sie konstruieren Schreckensmaschinen, die jeden Widerstand zynisch widerspiegeln und der Lächerlichkeit preisgeben. Sie transportieren mich in eine Art Zeitloch. Dort sieht alles normal aus, bekannt. Es gibt Krankenhäuser, Parks, Supermärkte, Schwimmbäder. Das alles gibt es nur, damit mir nicht auffallen soll, daß ich in einem Zeitloch bin. Ich soll mich normal fühlen und nicht an Flucht und Auflehnung denken. Eines können sie mir nicht nehmen: ich spüre, daß nichts einen Sinn hat. Denn Sinn gibt es nur außerhalb des Lochs. In der Sphäre der Zeitlosigkeit, der vielen Ebenen, die friedlich miteinander existieren.

Auf einem Müllplatz finde ich eine wunderbare Tasche aus bunten Glasmosaiken. Sie leuchtet in blau, grün, gelb und violett. Ich weiß, daß sie sehr kostbar ist. Es ist meine Tasche. Eine Bande von Männern kommt und jagt mir die Tasche gewaltlos ab. Allein durch ihre Anwesenheit scheint mir die Tasche zu entgleiten. Ich weiß aber, daß die Tasche für mich bestimmt ist. Sie ist mein Durchgang zur Sphäre der Zeitlosigkeit. Kaum aber sind die Männer im Besitz der Tasche, wird sie lächerlich, so als habe sie keine Bedeutung. Nur ich kann sie wirklich nutzen.

Ich bin nicht für immer hier, das weiß ich. So hüte ich die Gräber, die hoch oben zwischen den Felsen auf einem mit Mauern umgebenen Friedhof sind. Gräber von vielen Menschen, die ich nicht gekannt habe, die hier gestorben sind. Es ist ein mechanischer Dienst. Ich habe keine Beziehung zum Zeitloch. Aber die Gräber muß ich pflegen, denn wenn ein Zug von Gestorbenen aufsteigt und fortzieht, kann ich mit ihnen durch die Öffnung zur Zeitlosigkeit gleiten.

Der Weg ist unübersichtlich. Ich dränge mich durch die vielen ratlosen Menschen, die ihren Weg in die Unendlichkeit antreten. Da ist eine Schlucht. Sie stehen an der Schlucht und beratschlagen. Einige sitzen auf den Bäumen und geben Anweisungen. Ich begreife, daß es für sie um Leben und Tod geht. Sollten sie es nicht schaffen, über den reißenden Fluß zu gelangen, der durch die Schlucht fließt, so sind sie verloren. Wer bis hierher gekommen ist, hat schon viel erreicht. Hat Verwirrte und Verzweifelte hinter sich gelassen. Wer hier anlangt, erinnert sich an vieles. Das ist auch eine Voraussetzung für den Durchritt zur Zeitlosigkeit.

Ich stehe am Rand, als mich einer auffordert, der Gruppe der Siegreichen beizutreten. Ich habe keine Lust. Ich weiß genau, daß es eine Falle ist. Wieder soll ich mich selbst aufgeben, vergessen, was ich wollte. Ich kann mich nicht um Befehle kümmern, ich kann mich nicht um Ängste kümmern. Jetzt kommt es darauf an, daß ich mich erinnere, was ich will. Der Mann versucht mir Schuldgefühle einzupflanzen. Ich könne doch die anderen nicht im Stich lassen. Ich könne doch nicht so egoistisch sein und ganz allein den Weg antreten. Nur zusammen können wir es schaffen.

Ich starre in die reißenden Fluten, in denen sich Schwimmende durchkämpfen. Andere rufen ihnen von den Bäumen aus Ratschläge zu. Doch die Schwimmenden sind irritiert, sie zögern, sie zerstreuen ihre Kräfte, und einer nach dem anderen ertrinkt. Langsam ziehe ich Stück für Stück meine Kleidung aus. Alles werde ich zurücklassen müssen. Ich werde verhöhnt. Der Mann prangert meine Nacktheit an, lacht brüllend, betastet meine Brust, läßt seine Finger zwischen meine Beine gleiten und spottet über die spröde Trockenheit meines Geschlechts. Mir bricht der Schweiß aus. Jetzt muß ich es wagen. Jetzt oder ich bin verloren. Schon entledigt er sich seiner Kleidung. Schon drängt er mich in den Schatten eines mächtigen Baumes und versucht mich mit seiner Lust zu locken.

Da fühle ich die verbündete Rinde der Eiche an meiner Haut. Jede Reibung ihrer Zellen an meinen Hautzellen bringt mir schmerzhaft die Erinnerung an mein Vorhaben zurück. Ich muß hinüber. Ich muß mich freimachen von der zähen, schleimigen Trägheit, die mich überfällt. Ich könnte mich hingeben, könnte vergessen, könnte danach die Traurigkeit mit neuen Beschäftigungen besänftigen. Warum nicht ...

Ich hebe eine Hand gegen das Gesicht des Mannes, der zurückweicht. Ich taumle vorbei an kichernden Frauen. Sie werden gehen, wenn es ihre Zeit ist. Jetzt bin ich nicht hier, um barmherzig zu sein. Jetzt bin ich hier, um durchzutreten zu mir selbst.

Ich gehe weiter und springe in den reißenden Fluß. Einige der Schwimmenden wollen sich an mich klammern, aber ich schwimme zügig weg. Ich muß hinüber.

Am anderen Ufer ist es grau und neblig. Der Nebel hängt zuweilen zäh wie Klebstoff an meinem feuchten Körper. Ich habe Angst und fühle mich so allein, daß ich laut brüllend zu laufen anfange. Jetzt, wo ich alle hinter mir gelassen habe, wo ich wirklich allein, wirklich bei mir bin, wo alle Ebenen und Möglichkeiten mich umspielen, habe ich Angst, es nicht auszuhalten. Aber der Schleier wird dünner und ich bemerke, daß ich in einer Höhle bin. Die Höhle ist riesenhaft groß, mit vielen Hallen und Gängen. Jede Bewegung löst unendliche viele Echos aus und läßt mir das Blut stocken. Wo ist der Ausgang? Wie werde ich wieder hinausfinden? Wie habe ich hineingefunden? Wer wird mich erwarten?

Vorsichtig setze ich Schritt für Schritt in eine Richtung, die mir „vernünftig" erscheint. Ich taste mich weiter und gerate immer tiefer in den Höhlenbauch. Höhlen haben mir immer Angst gemacht. Meine Angst pocht an den Erzwänden wider, die so erregend schön wie unheimlich auf mich wirken. Der Körper erwacht und sucht Berührung. Das bunte Funkeln der Quarzgesteine freut mich, aber die Dunkelheit dieser Erdhalle legt sich schwer auf mein Herz. Ich höre es von innen und von allen Seiten: Angst, Angst, Angst, Angst ... Der Lärm ist ungeheuer und doch höre ich die klirrende Stimme dazwischen: „Was suchst du hier?" Ich mühe mich, in der Dunkelheit die Gestalt der Sprechenden zu erkennen, aber vergebens. Nur vage ahne ich, daß ich im Inneren meiner Herzwände bin und zugleich im äußeren Raum des Kosmos. „Ich suche das Sehen", sage ich und werde mir in diesem Moment klar, daß ich tatsächlich suche.

„Wenn du durch mein Auge gehst, kannst du sehen lernen", sagt die Stimme, die mir die Nackenhaare aufzieht. Ein Lichtschimmer kristallisiert sich aus dem Dunkel. Die Helligkeit geht von einem Punkt im Inneren der Riesenhöhle aus. Ich gehe darauf zu. Es ist ein Auge. Ein einziges Auge mitten in einer steinernen Stirn in der Wand des Berges.

„Wie soll ich durch dein Auge gehen?" frage ich ängstlich.

„Komm", sagt die Stimme.

Ich gehe näher auf die Pupille zu. Sie ist von Kristallen und Fäden aus Smaragd, Saphir, Opal und Beryll irisartig umgeben. Die Pupille selbst aber besteht aus klarem schwarzem Obsidian, in dem ich mich spiegle. Ich betrachte mich genau: ich habe kein Gesicht.

In einem Sog treibe ich auf die Obsidianfläche zu. Sie gibt nach, öffnet sich wie ein tiefschwarzer See und nimmt mich auf. Ich fühle, daß ich im Auge eines überirdisch großen Organismus bin. Ich lasse mich in den Wellen treiben, deren Botschaften ich immer leichter zu entschlüsseln scheine. Wenn ich sie aber hinterfrage, kann ich nichts fassen, nichts verstehen.

Eine Kaskade von Tönen und Lichtwellen durchflutet mich. Blitze leuchten auf und sinken in die Dunkelheit zurück.

Ich spüre den Blitzen nach, werde dichter und gelöster, verwandle mich. Ich werde Feuer. Ich werde Wasser. Ich werde Licht. Ich werde Stein. Doch dann falle ich wieder in die Schwere meines Körpers und finde mich hilflos treibend in einem schwarzen Meer. Am Ufer beugen sich alte Kastanien über die Wasserfläche. Sie beobachten mich. Dahinter sehe ich eine prächtige Villa, blau gestrichen mit silbernen Fensterspiegeln.

„Steig aus dem Wasser. Das ist dein Haus."

Ich folge dem Befehl des Auges. Mein Körper ist bleischwer. Das Haus ist mir unheimlich. Es riecht modrig und feucht. Unbelebt. Die Zimmer sind mir alle bekannt. Sie sind leer. Ich ahne, daß dies mein Haus war. Ich habe es vor langer Zeit verlassen. Je weiter ich in das Haus hineingehe, umso vertrauter wird es mir. Da ist ein Speicher, auf dem Bücher, Bilder, alte Decken liegen. Ich nehme ein Buch auf. Es ist das Buch meiner Wahrheit. Als ich es aufschlage, ist es leer.

***

Beim nächsten Vollmond mache ich einen Spaziergang durch den Wald. Die freien Lichtungen sind von mildweißem Licht bestrahlt, doch durch die dichten Äste dringt wenig Helligkeit. Zuerst gehe ich sehr unsicher, bleibe bei jedem Geräusch wie gelähmt stehen und stolpere oft. Ich fange den gutmütigen Spott der Bäume auf. Sie beobachten mich. Nie ist mir zu Bewußtsein gekommen, daß dich auf jedem Waldspaziergang tausende von Bäumen wahrnehmen.

Es verunsichert mich, daß sie so ruhig stehen können, während ich mich ständig bewegen muß. Ich versuche, meinen Herzschlag und meine Schwingungen in Einklang mit den Bäumen und Büschen um mich herum zu bringen.

„Schau mit den Füßen", sagen sie. Ich ziehe die Schuhe aus. Meine Fußsohlen tasten sich über Zweige, über Laub und Moos, über Dornen. Ich muß mich niedersetzen, weil die Dornen meine Sohlen verletzen. Ich konzentriere alle meine Sinne auf meine Umgebung, strecke meine Fühler aus, öffne meinen Radarfächer nach allen Seiten. Ich beginne, mit der Haut zu sehen. Mein Gehirn arbeitet fieberhaft, um all die neuen Eindrücke zu erfassen.

„Hab Vertrauen", höre ich die Bäume. Ich gehe wieder los, strecke mich dem nächsten Strauch entgegen, fühle seine Anwesenheit, weiche ihm aus, strecke meine Füße dem Boden entgegen, bei jedem Schritt. Fühle die Stacheln, noch ehe sie mich berühren, setze den Fuß vorsichtig daneben. Ein mühsamer Lernprozeß. Ich beginne zu ahnen, wo Äste liegen, wo kleine Tiere im modrigen Boden kriechen. Immer schneller kann ich gehen, ohne zu stolpern, ohne hinzufallen. Wie mit Flügeln berühre ich leicht die Baumstämme um mich herum, erfühle sie, fliege durch sie hindurch, lache und tanze. Als ich schließlich doch falle, fängt mich ein dicker Ast gerade vor dem kalten Bach auf.

Ich lege mich flach auf den Bauch und vertiefe mich mit meinen Sinnen in ein Buchenblatt. Gehe den Weg der feinen Adern zum Stiel in der Mitte, taste mich weiter bis zur Buche und schlüpfe in sie hinein. Ich grabe meine Wurzeln tief in die Erde hinein und fühle den Saft aufströmen, durch meinen Stamm in die Äste und Zweige.

Prickelnd dehnt die Energie der Erde sich aus bis in meine feinsten Zweige und Blätter. Ich fühle bis in die Ränder der äußersten Spitzen, wiege mich, wispere mit den anderen Bäumen, neige mich der Esche neben mir zu und berühre sie leicht mit meinen vielen Armen.

Ich stehe ruhig und fest, alle Gedanken fließen fort. Ich bin ein Baum und träume mit allen den uralten Traum von Tod und Wiederkehr. Auf meinen Ästen lassen sich Vögel nieder und singen mir so schöne Lieder, daß ich zittere und meine Blätter leise knistern.

Als die Sonne aufsteigt, fühle ich den Saft zurückfließen in den sicheren Schoß der Erde, die ihn bewahrt und mich nährt. Ich wiege mich froh im Wind.

Jemand reißt mir einen Ast ab. Der Moment des Schmerzes breitet sich wie ein lautloser Schrei in meinen Adern aus. Die anderen Bäume beginnen zu rauschen. Der Riß setzt sich fort ins Fühlen aller Zellen. Die Erde schickt ihre Kraft, um meine Verletzung zu heilen. Der Schmerz verebbt, bleibt eine unruhige Erinnerung in jedem Teil meines Baumkörpers. Auf einer Astgabel hoch über meinem Körper läßt sich die Eule nieder.

„Du muß fort. Geh zurück in deinen Körper. Geh schnell, sonst erinnerst du dich nicht mehr an deine Welt und kannst dich nicht mehr genug danach sehnen, um dich wieder zu verwandeln."

Ich habe keine Lust, meinen unsteten menschlichen Körper anzunehmen, aber die Eule läßt mir keine Ruhe, wetzt ihre Krallen an mir und zwickt mich.

„Fort mit dir. Es gibt keine wirkliche Reise ohne Rückkehr."

Unwillig ziehe ich mein Bewußtsein aus dem Körper

des Baums, ziehe mich zurück in den Stamm, immer verfolgt von den Schnabelhieben der Eule, schlüpfe aus dem Stamm zurück in meinen Körper.

Dort liege ich auf dem taufeuchten Gras. Vor Kälte klappern mir die Zähne.

Benommen sammle ich Zweige, berühre die Buche dankbar mit beiden Händen und küsse sie.

Dann entzünde ich ein Feuer und wärme mich daran. Ich lege Steine hinein und heize sie im lodernden und im glühenden Feuer auf. Als das Feuer nur noch glimmt, hole ich mit einer starken Astgabel die Steine heraus, tropfe Wasser darüber und bedecke mich und die dampfenden Steine mit einer Zeltleinwand. Ich schwitze alle meine Ängste und Vergiftungen aus mir heraus. Ich singe ein selbsterdachtes Lied für die Buche. Aus allen Poren läuft Wasser aus mir heraus. Ich springe in den eiskalten Bach.

Auf dem Rückweg zu meinem Auto höre ich die Bäume flüstern. Diesmal fühle ich mich nicht bedroht. Ich berühre einige Stämme in meiner Nähe. Sie fühlen sich warm und lebendig an. Ich weiß, daß ich gesehen werde, gehört werde, gefühlt werde. Ich werde getragen.

Verwandlungen

Ich folgte ihr, weil sie mich an eine afrikanische Zauberin erinnerte, der ich einmal begegnet war. Sie war dunkel, aber nicht nur von Haut und Aussehen. Ein dunkler Schimmer ging von ihr aus. Ich stapfte hinter der alten Frau her, aus dem Dorf hinaus, einem Wald zu. Wußte sie, daß ich ihr folgte? Ihre Gedanken flossen ruhig durch mein Gehirn: Ich bin Kalypso. Ein Teil von Kalypso. Ein Teil von dir. Es wird Zeit, daß du dich mit deinen vielfältigen Erscheinungsformen beschäftigst … Für eine alte Frau ging sie ziemlich schnell. An ihren Fersen klebend spürte ich, wie sie mich auszuforschen begann. Was willst du? Was folgst du mir? Weißt du auch, ob deine Kraft ausreicht, um dich mit mir, mit dir selbst zu treffen? Mutig, mutig meine Kleine …

Verunsichert blieb ich stehen. Das Licht des Tages wurde trüb, bald würde die Nacht fallen. Ich hatte keine Ahnung, wohin wir gehen würden. Vielleicht würde sich die Frau später in Luft auflösen: ein Produkt meiner Phantasie! Ich starrte in den gerade noch hellen Himmel über den Bergen.

Auch die alte Frau blieb stehen. Ohne sich umzudrehen, wartete sie. Ich wußte, daß sie auf meine Entscheidung wartete. Wenn du aber umkehrst, hast du eine wirkliche Gelegenheit verpaßt, ließ sie ihre Gedanken in mir spielen.

Was konnte ich schon verlieren? Laß dich von dem Dämon, den du am meisten fürchtest, beißen, sonst wirst du deine Angst nie los. Am meisten fürchte ich mich gerade vor der Alten ... Als mein Entschluß feststand, weiterzugehen, hatte sie sich schon in Bewegung gesetzt.

Nach ungefähr zwei Stunden Fußmarsch langten wir am Ziel an: eine kleine Berghütte am Fuß eines Felsens.

Die Alte öffnete die Tür und winkte mir. Ich folgte ihr, ohne nachzudenken. Sie legte den Mantel ab und setzte Wasser auf. Es gab nur diesen einen Raum und eine Holzleiter, die zu einer Art Dachboden führte. Dort schlief sie wohl, denn das Ende einer bunten Decke hing über den Rand. Noch immer schweigend brühte sie Tee auf und stellte zwei große Tassen auf den Tisch. Überall auf dem Tisch waren Einkerbungen und alte Essensreste.

Mein Gesicht glühte. Da drehte sich die Alte um. Sie war von so atemberaubender Häßlichkeit, daß ich einen leisen Ruf ausstieß. Sie musterte mich grinsend.

„Schau mich nur genau an. Wenn du lange genug durchhältst, siehst du dich am Ende selbst."

Daß ich auf dem Stuhl sitzen blieb, fand ich mutig von mir. Eigentlich hatte ich nur den einen Wunsch: aus dieser dreckigen kleinen Hütte wegzulaufen, im Galopp den Berg hinunter und in irgendein neon-beleuchtetes Café und mir dort eine ganz normale Tasse Kaffee bestellen. Das würde alles regeln. Aber ich klebte wie hypnotisiert auf der Sitzfläche und starrte auf die Alte.

Sie war alles, was ich je gefürchtet hatte: eine alte, häßliche, verdreckte Frau, die alles weiß und es nicht mehr nötig hat, zu lügen, die keine gepflegten Umgangsformen braucht, die sich kein Lächeln abringt. Unbarmherzig frei. Alles, was es zu fürchten gibt, hat sie ausgestanden.

Unter meinem Blick zog sie sich langsam die Haut ihres Gesichts ab. Sie erinnerte mich an die Alte, mit der ich Domino gespielt hatte. Unter der alten Haut war eine andere, noch älter, eine Landschaft. Mein Gesicht. Kleine Krater bildeten sich auf ihren Wangen. Darin bewegten sich winzige Lebewesen. Bakterien, Mikroben? Mit einer Handbewegung wischte sie meinen Blick fort.

Sie fuhr aus dem Rock, zog ihr Hemd über den Kopf. Als sie mit ihrem alten, braunen Körper vor mir stand, hob ich unwillkürlich die Hand vor die Augen, denn sie war schmerzhaft wahr und ungewohnt in ihrer Gestalt. Die Brüste waren dünn und hingen weit herab, ebenso der Bauch, der in vielen Falten in den Ansatz ihrer Schenkel fiel.

Mein Blick konnte sich nicht lösen von ihrem Geschlecht, das von dünnen weißen Haaren kaum verborgen wurde und viellippig durchschimmerte. Ich begann zu weinen vor Hilflosigkeit. Aber ich konnte meine Augen nicht abwenden.

Die Alte grinste spöttisch. „Wir haben wohl einen Hang zum Melodrama? Was heulst du denn, meine Kleine. Schau ihn dir nur genau an, meinen Körper, es ist dein Körper: dorthin muß du wachsen.“

Aber das wollte ich nicht.

In meinem Kopf entstand Musik, ich dachte sie, ich fühlte sie, aber sie tanzte dazu. Sie stampfte mit dem linken Fuß auf und zog den rechten hinterher, so tanzte sie immer im Kreis herum. Ab und zu machte sie kleine Sprünge und stieß unerwartet wilde Schreie aus, daß ich lachen mußte. Ihr Geschlecht öffnete sich mit den Schritten wie ein großer, sinnlicher Mund, ohne Alter, nicht schön, nicht häßlich. Nun begann sie, zu ihrem Tanz zu murmeln und zu brummeln, wobei sie die Arme hob und die Handflächen gebieterisch in meine Richtung ausbreitete. Ich zog mich aus, denn ich schämte mich meiner Kleidung, die in diesem Moment nur Verhüllung bedeuten konnte, Fluchten, die ich jetzt nicht mehr brauchen konnte. Ich stellte mich ihr gegenüber auf und hob die Arme. Ihre Handflächen berührten meine, ihre Kraft floß in meine Fingerspitzen und Handflächen ein. Ich fügte mich ein in ihren Tanz. Sie rührte mit ihrem Bauch die Luft auf und gab mir einen Stoß, es ihr gleichzutun. Sie drehte mich um meine eigene Achse und preßte mich dann an sich, drehte mich, schleuderte mich, fing mich auf, stieß mir ihren Bauch in meinen Bauch, und wir pendelten uns ein in einem Rhythmus, den ich endlos hätte stampfen können. Der Tanz löste etwas in mir. Ich dachte nicht mehr an meine Arbeit, an meine Probleme, an meine Ziele, ich löste mich tanzend auf und wurde endlich wirklich Teil dieser Erde, ich sah und fühlte, weil kein anderer Gedanke mich ablenkte. Ich gab mich dem Anblick der Sterne ebenso hin wie der Kälte auf dem Körper, die mir sagte: schau mich genau an, damit du mich kennenlernst. Eis überzog meine Haut, meine Finger erstarrten mitten in der anmutigsten Bewegung. Die Welt blieb stehen. Auch die Alte stand starr vor mir. Doch als ich sie mit meinem Blick festhielt, erwuchs eine grauenvolle Veränderung an ihr. Ein Pelz begann ihren Körper zu bedecken, rasend schnell und immer dichter. Ihre Augen wurden runder und sehr dunkel, die Nase schob sich vor, wurde zu einer Schnauze, die Ohren wuchsen nach oben, aus Armen und Beinen bildeten sich Pranken und Tatzen. Ich wich zurück. Mit glühenden Augen tanzte die Alte auf mich zu, legte die Vorderpfoten auf meine Schultern und begann, mir die Arme abzulecken. Die Berührung dieser Bärin war so unerwartet sanft, daß ich lachen mußte. Ein tiefes

Brummen entstand im Bauch des Tiers und erfaßte mich mit einem Zittern. Ich fühlte den unwiderstehlichen Drang, dieses Brummen nachzumachen. Ich begann, Töne im Bauch zu sammeln, mein Atem ballte sich zu einer Kugel und stieß ein Knurren aus. Mit dem Knurren duckte ich mich auf den Boden zum Sprung. Wir sprangen zugleich und trafen in der Luft aufeinander, fielen zu Boden, ineinander verkeilt, aus dem Knurren wurde ein Fletschen und Brüllen. Sie hatte mich herausgefordert, jetzt mußte ich bis zum Schluß durchhalten.

Ich spürte in mir eine gefährliche Gier, die ich noch nie zugelassen hatte: ich wollte sie töten, aber nicht, weil ich Angst hatte. Wir waren gleich. Ich wollte meine Macht behaupten. Mit einem gezielten Sprung stürzte ich mich auf sie. Ich krallte mich in ihrem Pelz ein und suchte einen Ansatz für meine Zähne. Mitten im Biß packte mich menschliches Entsetzen. Hier lag ich auf dem Boden einer eiskalten, schmutzigen Berghütte, eine feuchte Schnauze drückte sich in meinen Hals. Vor dem Fenster glitzerten im eisigen Licht die Sterne. Da begann ich zu schreien.

„Halt den Mund“, sagte sie. Ich sah uns liegen, die Alte und mich selbst, nackt, ineinander verklammert. Kalt wurde mein Körper, kalt vor Entsetzen. Was habe ich getan? Wo bin ich? Wie komme ich hierher? Ich ließ den Ekel zu. Ich ließ das Entsetzen zu. Ich ließ die Scham zu, bis ich wußte, daß ich nicht daran sterben würde.

Ich schloß die Augen. Als ich aufhörte, Bilder des Entsetzens zu produzieren, konnte ich die Schönheit der Berührung empfinden. Ich bewegte meine Finger auf ihrer Haut und wurde alt, älter als die Erde.

Ihre Augen waren tief und klar, alterslos. Nie hatte ich soviel Wünsche in einem Menschen gesehen. Ihre kühlen Finger spielten mit mir. Sie erweckten mich aus jahrtausendelangem Schlaf. Zitternd erinnerten sich alle Zellen meiner Haut. Ihre Finger ruhten nicht aus und drängten nicht. Gleich meinem eigenen Rhythmus kreisten sie um mich. Mein Schrei war ein Gesang von vielen Tönen.

Ich starrte sie an. Ihr Gesicht war leer, wie eine stille Wasserfläche. Meine Augen bemühten sich, Schärfen einzustellen, Formen wahrzunehmen, doch das Gesicht blieb blank und leer. Dunkle Locken fielen um das leere Gesicht. Je angestrengter ich starrte, umso verwischter wurde das Gesicht.

„Was siehst du?"

„Ich sehe ein Lächeln. Ich sehe dunkle Augen. Ich sehe ein sehr junges Gesicht. Ein Gesicht aus einer anderen Zeit."

„Wer bin ich?"

„Du bist Kalypso. Die Traumweberin, die Zaubersprecherin. Du bis die, die ich suche."

Kalypso fährt mit ihren schmalen Fingern durch mein Haar. Ich möchte sie fragen, mit ihr sprechen, doch sie drückt mir eine Schlafnadel hinter das linke Ohr.

„Erzähl mir", sage ich müde, aber die Bilder verschwimmen, ihre Stimme ist weit weg, ich höre ihr leises Lachen. Dann sehe ich sie wieder auf dem Felsen, die Arme weit ausgebreitet. Sie singt.

„Oh Gott!" sagt ein Mann und schlägt die Hände vors Gesicht. „Hör auf."

Der Mann steht unter dem Felsen. Er hat dunkle Locken wie sie. Er starrt sie an. Kalypso wendet sich zu ihm um. Lange stehen sie sich so gegenüber, fremdvertraut.

Mit ausgebreiteten Armen steht Kalypso und wartet. Als keine Regung von ihm kommt, läßt sie die Hände sinken. Sie steigt hinunter zu ihm und wartet.

Aber er spricht nicht.

Leise beginnt sie zu erzählen:

„Du kannst meine Kraft nicht ertragen. Du sehnst dich. Ich sehne mich. Aber wir sehnen uns fort voneinander. Du gibst dir Mühe. Du bist traurig, weil dein starker Körper mich nicht fesseln kann. Vergeblich versuchst du, mir deinen Mut zu beweisen. Mit deinen Erzählungen vertreibst du die Zeit, aber ich möchte, daß sie bleibt. Immer träumst du von gefährlichen Abenteuern. Weil du nicht lebendig sein kannst, suchst du den Tod. Nur in der Überwindung des Todes spürst du dich, aber ich spüre mich nur in der sinnlichen Lebendigkeit eines jeden Augenblicks.

Du erzählst mir von der gefräßigen alten Skylla, vom Meeresungeheuer Charybdis, das du bezwungen hast, aber sie sind meine Freundinnen. Nur wenn du dich in der Bewunderung der anderen spiegeln kannst, siehst du dich wirklich. Du hast keine Phantasie.

Du bist zart wie ein Kind, und doch lähmst du mich wie eine Krankheit. Deine Unbeweglichkeit beginnt, auf mich überzugreifen und mich zu erdrücken. Deine uferlose Niedergeschlagenheit breitet sich um mich herum aus wie ein Sumpf, aus dem ich mich immer weniger befreien kann. Unbeweglich wie du stehe ich auf dem Felsen und starre ins Meer. Wage nicht zu singen, selbst das Spinnen und Träumen hat seinen Sinn verloren. Wie aus einem Faß ohne Boden fließt alle Lust aus mir in deiner Nähe.

Wenn ich frage „warum?“, versteinerst du unter meinem Blick. Wenn ich sage: „dann geh“, wendest du dich mutlos ab. Du kannst dich nicht entscheiden.

Du glaubst, das Meer zu bezwingen! Du willst es bezwingen, weil du dich nicht be-freunden kannst. Obwohl ich nichts besitze, habe ich mehr als du, denn du hast nie genug.

Die Gegensätze findest du reizvoll, sagtest du, als du dich mehr tot als lebendig in mich verliebtest. Jetzt zürnst du mir, weil ich dir nicht gleich bin. Wenn ich bei dir bin, fühlst du dich bedrängt, bin ich aber bei mir, ärgerst du dich, daß ich nicht bei dir bin. Was dir einmal wie ein Paradies erschien, nennst du jetzt obszön und hemmungslos.

Die Grenzenlosigkeit meiner Welt macht dir mehr Angst als deine eigene Leere. Niemals warst du sicher, mich nicht in einem Tier, einer Pflanze, einem Sturm zu treffen. Du wolltest klare Grenzen. Dann mußt du jetzt dorthin gehen, wo deine Götter deine Zäune wieder für dich errichten ..."

Kalypso lachte und hob die Hände über den Kopf, dann warf sie sich mit einem Schrei ins Wasser und als sie auftauchte, war ihr Leib von silbrigen Schuppen überzogen. Sie tauchte unter und sprang über die Schaumkronen.

„Warte", rief Odysseus, „warte doch ..."

„Sieben Jahre habe ich gewartet", sprudelte sie aus der Meerestiefe, „jetzt habe ich Lust zu leben ..."

Mein Kopf schmerzte. Die Alte und ich saßen am Tisch. Das Feuer im Herd war niedergebrannt. Ich fror. Zusammengesunken auf ihrem Stuhl schien sie meinen Gedanken zu lauschen. Als ich zu denken aufhörte, um Kalypso mit meiner Unruhe nicht zu stören, fing sie zu sprechen an:

„Du glaubst, daß es eine Prüfung gibt und dann bist du frei. Nein. Es gibt Tausende von Prüfungen ohne Sinn, ohne Ziel. Tausendmal stehst du wieder vor einem Tor und mußt dich entscheiden. Aber wie immer du dich entscheidest, es ist einerlei.

Weißt du denn, was du suchst? Es gibt keine Suche, die je endgültig vorbei ist. Keinen Zustand kannst du festhalten. Wenn du glaubst, etwas gelernt zu haben, fängst du im nächsten Moment wieder von vorn an. Deine Kraft liegt in der ständigen Wandlung. Halte nichts fest. Schau dir die Blumen an. Sie wachsen, erblühen, sterben, ziehen ihre Kraft ganz zurück und kommen in einer neuen Gestalt wieder. Nur ein Narr würde von einer Blume erwarten, daß sie immer gleich blüht.

Die größte aller Versuchungen ist das Leiden. Überall wirst du es finden und eintauchen wollen, weil es dir scheint, als könne das Leiden deinen Weg verkürzen oder gar sinnvoller machen.

Viele sind aber im Meer der Tränen schon ertrunken. Davor hüte dich. Das Lachen ist wie eine Quelle, aus der du dich immer neu nähren kannst. Und stecke dir deine Ziele nicht so bescheiden. Wenn du das Unmögliche nicht suchst, wirst du am Ende nicht einmal das Mögliche finden!“

Noch wärend ihre leise, brüchige Stimme sprach, merkte ich, daß ich allein in der Hütte saß. Kein Feuer brannte. Es gab nicht einmal einen Herd. Durch die schmutzigen Scheiben sah ich den frostklaren Himmel. Ich zündete ein Streichholz an. Außer einem Tisch, einem Stuhl und einem Käsekessel war nichts im Raum. Die Kälte trieb mir die Tränen in die Augen. Mein ganzer Körper begann zu jucken. Ich untersuchte meine Haut. Es schien mir, als bewege sie sich. Als kröchen Tausende von Ameisen, winzige Tierchen, über mich und zwickten mich. Ich begann mich wie wild zu kratzen. Obwohl ich mit scharfen Nägeln über die Haut fuhr, blutete sie nicht. Vielmehr brach sie überall dort, wo die Nägel sich eingruben und fiel in welken Blättern von mir ab.

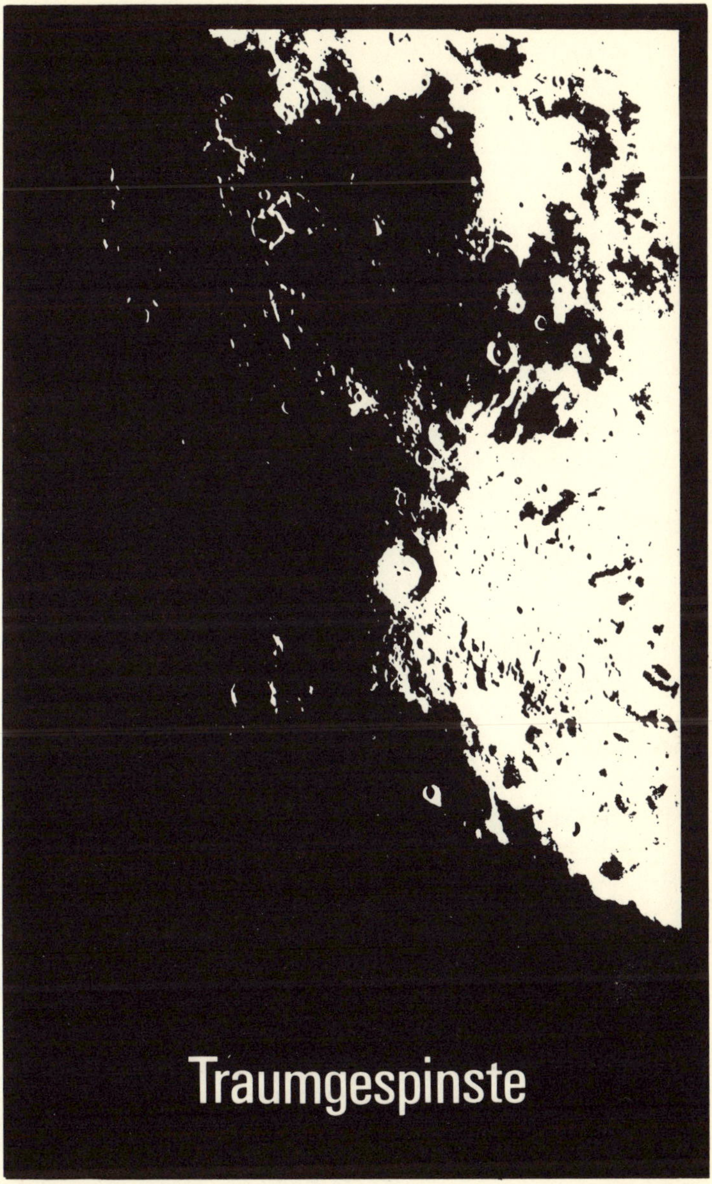

Traumgespinste

Ein Gewitter hat den Wald bis in die Wurzeln wachgerüttelt. Schwere Tropfen fallen von den Blättern der Bäume in den aufgeweichten Moosboden. Unentwegt klopft sich das Regenwasser seinen Weg zur Erde durch, tiptiptiptap.

Ich sitze auf der Astgabel einer dicken Buche. Seit dem Erlebnis in der Berghütte habe ich mich nicht mehr allein der Natur ausgesetzt: Ein seltsamer Abstand zu allen Geschehnissen stellte sich ein. Unbeteiligt schaute ich meinem Leben zu. Ich konnte mich weder begeistern noch besonders ängstigen. Manchmal vor dem Spiegel fletschte ich die Zähne, da wußte ich, daß es noch nicht ausgestanden war. Da sträubten sich die Nackenhaare, und im Magen entstand ein unerträglicher Druck.

Regenfest. Alles saugt Feuchtigkeit ein. Die Erde zieht sich Wasser in ihren Bauch. Käfer und Würmer kriechen im feuchten Moder und feiern. Ein Eichhörnchen springt dicht über meinem Kopf auf einen Buchenast. Ich höre dem Klopfen des Regens zu. Ich höre dem Klopfen meines Herzens zu. Klopfzeichen überall. Wie konnte ich durch die Welt gehen, ohne ihre Botschaften zu hören. Jetzt scheint mir die Atmosphäre erfüllt von Murmeln, Wispern, Flüstern, Schwingen und Singen. Ich fühle mich ein in die gemeinsame Sprache aller Wesen.

Mein Blick bleibt in den Faserungen eines Buchenblattes hängen. Eine Hochebene entsteht daraus, karges Land mit Bergkuppen. Felsen. Ich beuge mich tiefer, um besser sehen zu können: zwischen den Felsen ein rundes, steinernes Bassin. Ich springe hinein. Das Wasser ist weich und sanft auf meiner Haut. Ich fühle, daß es Regenwasser ist, das sich in diesem Becken gesammelt hat. Ich tauche unter, drehe mich, springe wie ein Delphin. Ich lasse mich sinken, tiefer in das dichte Blau des Wassers und dränge wieder nach oben. Schließlich steige ich aus dem Wasser. Neben dem Becken liegt ein blaues Kleid mit hellen Punkten. Als ich mich niederbeuge, um es anzuschauen, sehe ich, daß das Kleid ein Teil des Himmels ist.

Ich vertiefe mich in das Muster des Kleides, es ist die Formation eines Sternbilds. Aber ich kenne es nicht. Ich schlüpfe in das Kleid und lege mich auf einen glitzernden Quarzstein. Tief sinke ich in den Stein und drehe die Handflächen nach oben: eine Sprungschanze in den Himmel, das ist es! Mein Körper wird schwerer und schwerer, wird kühl und dicht, schwingt mit dem Quarz, wird zu Stein. Der Puls der Erde erreicht mich, schließt mich ein. Die Erde ist ein großer, alter Organismus, und ich bin ein Teil davon. Meine Poren öffnen sich, suchen sich Bezugspunkte, finden ferne Sonnen. Ein Stern nach dem anderen berührt mich, nimmt Verbindung auf zu meinen Fingerspitzen, Fußflächen, Handflächen, Augen, Mund, Ohren, Hinterkopf ... Zelle um Zelle, Punkt um Punkt werde ich mit dem Himmel verbunden, mit dem ganzen Kosmos verlötet, bis unzählige Fäden aus mir heraus zu den Sternen fließen. Ich fühle das Zittern der Goldfäden unter den starken Energieströmen. Ich bin eingesponnen in ein Spinnennetz aus Sternenfäden. Das Netz hält mich, schaukelt mich, schützt mich. Ich schwebe im Universum, getragen nur von diesem feinen Gewebe. Ich lasse mich wiegen. Nichts kann mich mehr verletzen. Nichts berührt mich, was ich nicht rufe. Ich schaukle sicher im Schoß der Sterne.

Doch ich erinnere mich an meinen Körper, ich weiß, daß ich zurück muß. Mühsam lenke ich meine Aufmerksamkeit wieder auf die Materie meines Körpers. Tief atmend wecke ich mich aus dem fremden Schlaf. Ich spüre die Kraft des Polarsterns in den Zehen, Spica sendet Wellen durch meinen Bauch.

Aldebaran berührt meinen Herzschlag. Die Plejaden erzeugen kleine Stromstöße in der Netzhaut und klären die Sicht. Die Sonnen der Cassiopeia tanzen in meinem Gehirn und lassen mich übermütig mittanzen.

Mitten in diesen Wirbel von Energien fällt plötzlich der Dominostein mit der Doppelfünf. Eine Stimme faucht mich an: „Immer nur das Vergnügen hat sie im Kopf. Und was ist mit der Arbeit, he? Mit der Konzentration?“ Eine Hand hält mir ein Mühlebrett hin. Schachtel in der Schachtel in der Schachtel. „Das Geheimnis ist, dich auf allen Kreuzwegen so sicher zu bewegen, daß du jeden Bereich beliebig überschreiten und nie hinausgeworfen werden kannst“, sagt sie. „Frei springen und doch an die Grundlage gebunden sein ...“

„Ich spiele weiß, aber du bist schwarz“, sagt sie.

Sie setzt aber keinen Mühlestein, sondern den Dominostein und den so, daß ich nicht mehr weiß, wie ich setzen soll. Sie setzt ihn genau in die Mitte des Spiels.

„Mit dir spiele ich nicht“, sage ich verdrießlich.

„Du kannst immer nur das mitspielen, was gerade läuft“, sagt sie.

„Solange du den Ereignissen hinterherhinkst jedenfalls ...“

Ich nehme den Dominostein aus der Mitte.

„Das war genau verkehrt“, schreit sie und gibt mir einen Tritt, daß ich in die Luft fliege. Der Wind, der mich umgibt, raubt mir fast den Atem.

Ich bin wütend. „Du blödes Weib", kreische ich nach unten, dahin, wo ich sie im Nebel vermute. „Von dir lasse ich mich nicht mehr betrügen. Jedes Spiel kannst du mir nicht vermiesen, mit deinen billigen Taschenspielertricks."

Ein Lachen kommt zurück. Ein Lachen, das mir so in den Ohren dröhnt, daß es mir leid tut, überhaupt geboren zu sein.

„Vielleicht ...", japst sie ..." vielleicht kommst du irgendwann doch noch drauf. Wenn du mal die Spielregeln kennst, kannst du sie auch durchbrechen ..."

Sie johlt. Das Dröhnen hat nachgelassen, und ich finde sie jetzt richtig komisch.

Ich lande hart auf einem spitzen Felsen. Sobald ich sitze, verziehen sich die Nebelschwaden um mich herum und mir wird schlecht: ich sitze auf dem höchsten Punkt eines Gebirges aus Fels und Gletschern, um mich herum ist alles blaugefroren und ich bin's auch fast. Eine Decke liegt um meine Schultern. Ich ziehe sie schlotternd fest um den ganzen Körper. Leider bin ich barfuß.

Für diese Situation gibt es nur eine Lösung: ich muß absteigen so schnell ich kann, denn eins ist mir klar: ob Traum, Trance oder fleischliche Wirklichkeit, an dieser Kälte werde ich auf jeden Fall erfrieren. Ich versuche meine Vernunft zu aktivieren, um herauszufinden, wo ich sein könnte und wohin ich gehen soll. Kaum habe ich mich entschlossen, zu suchen, sehe ich einen Pfad, der nicht weit unter mir in den Fels gehauen ist. Er führt durch eine steile Felswand zu einem klosterartigen Haus, das in den Stein des Gebirges gehauen ist. Die spitzen Steine verletzen meine Fußsohlen, sie beginnen zu bluten, aber ich gehe zügig weiter.

Nach sieben Jahren oder nach sieben Tagen oder nach sieben Sekunden erreiche ich endlich das Kloster. Weil niemand auf mein Klopfen antwortet, drücke ich gegen die schwere Eingangstür. Sie ist unverschlossen. Quietschend schwingt sie auf und gibt den Blick auf die steinerne Eingangshalle frei. Auf den klobigen, quadratisch gehauenen Steinblöcken, die in den Fußboden eingelegt sind, liegt eine dicke Staubschicht. Keine Fußspuren. Ich tappe barfuß durch den jahrhundertealten Staub des Klosters. Lange Gänge, von denen unzählige kleine Zellen abgehen. Fensterhöhlen ohne Glas und Rahmen. Überall ist es kalt und zugig. Ich beuge mich aus dem Fenster einer Zelle und schaue über die Hochgebirgslandschaft: eisblaue Gletscherspitzen, eine breite Gletscherbahn, die sich unendlich langsam, aber unaufhaltsam zu Tal schiebt. Der Himmel leuchtet fahlgelb. Es gibt weder Bäume noch Sträucher. Ich zittere vor Einsamkeit und Grauen. Doch direkt unter dem Kloster liegt ein türkisfarbener mondsichelförmiger See, der mich tröstet. Während ich den See anstarre, bemerke ich auf dem Pfad unmittelbar darüber eine Bewegung: eine Gestalt in einem graubraunen Tuch. Sie steigt den Berg hinauf. Gespannt beobachte ich den mühevollen Aufstieg, der immer wieder an Stürzen und Erdrutschen zu scheitern droht. Ich balle die Fäuste: wer immer es ist, muß es schaffen. Dann bin ich nicht mehr allein. Kurz vor der Pforte des Klosters hebt die Gestalt den Kopf und schaut mir in die Augen. Es ist ein Mönch mit kurzgeschorenen Haaren. Es sieht aus, als habe er mich erwartet, als wisse er, daß ich hier bin. Er senkt seinen Blick tief in meine Augen, dann rafft er den Umhang um den mageren Körper und betritt die Klosterhalle. Ich höre seine blanken Füße über den Steinboden tappen, dazwischen das Geräusch des aufsetzenden Stocks. Meine Aufmerksamkeit weitet sich diesem Mönch entgegen. Wer ist er? Ich sehe, daß in dem Raum, in dem ich stehe, zwei Matten auf dem Boden liegen. Eine direkt neben mir und eine am anderen Ende des Raums.

Die Holztür an der Ostseite öffnet sich und der Mönch tritt ein. Hatte ich ihn von weitem für sehr alt gehalten, so sehe ich jetzt, daß er kaum vierzig sein kann. Er ist sehr mager und ausgezehrt. Er setzt sich grußlos auf die Matte am fernen Ende. Als ich mich umwende, entdecke ich eine Feuerstelle, darüber hängt ein Kessel, den ich seltsamerweise aufgesetzt habe. Ich gehe zum Kessel und brühe Kräuter mit dem kochenden Wasser auf, wie es offenbar meine Aufgabe ist. Ich bringe dem Mönch eine Schale mit dem Sud und nehme mir selbst auch eine. Erst jetzt sehe ich, daß der Mönch seine Augen nicht von meinem Gesicht genommen hat, seit er den Raum betreten hat. Ich setze mich mit meiner Matte ihm gegenüber. Ich fühle, wie er meinen Geist auslotet, meine Gedanken begleitet und ordnet.

Er berührt seine Stirn, und ich weiß, daß ich meine Stirn berühren muß. Er legt die rechte Hand auf sein Herz, und ich lege beide Hände auf das Sonnengeflecht. Er beginnt zu summen und hüllt mich mit seinen Tönen ein. Es wird mir langsam warm. Wo sind die Mönche? Wo sind die Schalen? fährt plötzlich ein messerscharfer Gedanke durch meinen Geist. Ich ringe nach Luft. Ich will aufbrausen, entgegnen, daß ich nichts weiß, daß ich selbst gerade erst gekommen bin. Aber in diesem Augenblick weiß ich, daß ich immer hier war, daß alle getötet wurden, daß die Schalen gestohlen sind. Ich bin die einzige Überlebende.

Der Blick des Mönchs hüllt mich ein, wiegt mich, beruhigt mich so, daß ich wieder klar in seine Augen sehen kann. Aber er fragt nichts mehr. Ich werde sehr müde unter seinem Blick und bald rolle ich mich auf meiner Matte ein und schlafe. Im Traum beginnt der Mönch den Rand einer Schale zu rühren, die er unter seinem Umhang verborgen hatte. Um den nackten Leib trägt er einen Gürtel mit vielen, verschiedenen Hölzern. Er läßt mich in seine Gedanken ein und erklärt mir die Wirkung der Hölzer in Verbindung mit dem Klang seiner Schale.

Der Ton, den er holt, scheint von außen zu kommen. Er scheint ihn von weither zu rufen, bis er den Raum ganz ausfüllt. Jedes Holz klingt ein wenig anders. Lindenholz vertreibt das Fieber. Mit Zedernholz kann er die Ahnen rufen ... ich konzentriere mich so sehr, daß mein Schlaf immer leichter wird.

Schließlich fahre ich nervös aus dem Traum hoch. Der Mönch ist verschwunden. Mit ihm die Matte, das Feuer, der Kessel. Im Staub finden sich keine Spuren. Das Kloster ist unheimlich und kalt ohne die freundlichen Berührungen des Mönchs. Ich ziehe meine Decke enger um mich und verlasse das Haus. Als ich mich umwende, sehe ich ein dunkles Haus mit vielen toten Augen. Hastig stolpere ich den steilen Pfad hinunter. Ich fühle eine Gegenwart in meinem Rücken. Aber ich möchte nicht stehenbleiben, aus Angst, endgültig zu erstarren. Von Panik erfaßt, drehe ich mich schließlich doch um. Unmittelbar hinter mir steht mein Schatten, er liegt nicht auf dem Weg, er steht aufrecht hinter mir. Ich horche. Die Stille ist erfüllt von Ächzen und Knistern des Eises, vom Klappern kleinster Steinchen.

„Wer bist du“, sage ich laut.

„Ich bin dein Schatten, wer sonst“, sagt mein Schatten.

Ich trete auf dem Weg zurück, ganz dicht an die Felswand. „Geh vor mir“, sage ich, meinen ganzen Mut zusammennehmend. Er preßt sich eng an mir vorbei, ein eiskalter Hauch, der mir fast den Lebensmut abdrückt. Dann bewegt er sich vor mir her, mit immer gleichen Bewegungen, mein Schatten, mein Zwilling. Meine Nacht.

„Gib acht, daß du mich nicht stößt“, sagt er.

„Wenn ich stürze, stürzt du auch."

Diese Bemerkung verunsichert mich so, daß ich stolpere. Mein Schatten dreht sich zu mir und versucht, mich zu halten. Als ich mein Gesicht sehe, erschrecke ich derart, daß ich jeden Halt verliere. Eng umschlungen stürzen wir die steile Felswand hinab.

Als der Ton mich auffängt, scheine ich wieder allein zu sein, oder ist es der Schatten, der in mich gefahren ist, während des Sturzes meine Haut sanft aufgezogen und sich in mir ausgebreitet hat?

Der Ton schwingt in sanften Wellen über einer Schale. Er läßt mich sacht auf den Boden gleiten. Da sitzt der Mönch und lächelt mir zu. Irgend etwas an seinen Gesichtszügen bringt Entsetzen zurück, aber der Ton löst es auf. Ich gebe mich bedingungslos hin. Wir gehen zusammen in ein Dorf am Ufer des Mondsichel-Sees. Ich sehe dem Mönch zu, wie er mit dem Ton der Schale und einem Ebenholzstab den aufgeblähten Bauch einer Frau heilt. Er steht zu ihren Füßen, ich, auf seine Anweisung, neben ihm, und nachdem er die Schale berührt hat, legt er seine Handflächen an ihre Fußflächen. Auf dem Gesicht der Frau scheint ein Lächeln. Zwischen seinen Handflächen und ihren Fußflächen entsteht ein Energiepolster, das sich zu einem gelben Punkt verdichtet. Ich beobachte, wie die Gedanken des Mönchs den Punkt in den Körper lenken, durch die Adern des linken Beins in ihren Bauch. Ich sehe, wie sich das Licht dort ausbreitet. Der Ton, den er dann ruft, ist so klar und hell, daß er mir Tränen in die Augen treibt. Auch die Frau weint. Wir gehen hinaus, er nimmt keine Belohnung an.

Wir stehen nebeneinander am Ufer des Sees. Ein Stich treibt mir das glückliche Lächeln aus dem Gesicht. Der Mönch liegt neben mir auf der Erde. Sein

Körper ist schon fast verwest. Ich weiche zurück, taumle, falle in den See und sinke. Ich bin so erschöpft, daß ich mich einfach in die Tiefe des Wassers sinken lasse, ohne zu schwimmen, ohne zu denken. Von weitem spüre ich diesen eigenartig fernen Ton der Schale. Am Grund des Sees angekommen, tut sich ein Tunnel auf, ein enger schwarzer Gang. Wie ein Fisch gleite ich hinein. Es ist eng, sehr eng. Ich weiß, ich darf die Arme nicht ausbreiten, darf mich nicht ängstigen, sonst bleibe ich stecken und bin für immer verloren. Ich darf nicht an die Luft denken, die mir fehlt.Vertrauen. Hab Vertrauen in die uralten Körper in dir. Mein Schatten befreit sich aus meiner körperlichen Ordnung, löst sich von mir und beginnt mich zu ziehen. Als die helle Öffnung des Tunnels sichtbar wird, stößt der Schatten seinen Kopf durch meine Brust und schlüpft schmerzlos in meinen Leib. Während die Haut heller und heller leuchtet, verdichtet sich die Dunkelheit in mir. Ich bin angekommen.

Der Weg ins Labyrinth

Ich sah den Kindern zu, wenn sie spielten. Sie hingen an den Seilen eines Rundlaufs und ließen sich im Kreis herum schwingen, immer um den Mittelpunkt herum. Kon-ZEN-tration. Ich versuchte, mich zu konzentrieren. Meine Gedanken um einen Mittelpunkt schwingen zu lassen. Die Kinder bauten sich ihre magische Welt. Sie spielten Blumen-Fangen: wer den Namen einer Blume sagte, konnte nicht gefangen werden. War verwandelt. Entschlüpft. Gerettet.

Wollten sie etwas abwehren, so streckten sie beide Handflächen vor und sagten: Spiegel! Wie in einem Spiegel-Labyrinth siehst du immer nur dich selbst.

Spielen wollte ich. So begann ich, Kreise und Spiralen zu laufen. Schritt für Schritt stapften meine Füße Spiralen und Labyrinth-Linien in verschneite Wiesen. Im Inneren setzte ich mich nieder und schloß die Augen, bis ich fühlen konnte, was ich um mich herum gesponnen hatte. Wie eine Spinne krabbelte ich und zog ein Netz aus braunen Erdfäden in den weißen Schnee. Netze und Gewebe breitete ich aus, in der Hoffnung, etwas möge sich darin verfangen.

Ein Schlaflied sang ich mir im Herzen des Labyrinths:

Wenn die Nacht sich wie ein Mantel legt
um Feld und Haus und Baum
so schließe deine Augen fest
und fang dir einen Traum

Flieg fort aus deinem Leib ganz schnell
und schweb' durch Holz und Stein
die Nachtfee leuchtet dir so hell
und hüllt so warm dich ein.

Einmal lief ich so lange im Kreis herum, bis ich fühlte, wie der Rand des Kreises sich herauslöste aus der Wiese und ich mitsamt dem Kreis-Inneren nach unten durchbrach. Tief in die Erde hinein fiel ich.

Weil ich aber Angst hatte, öffnete ich die Augen wieder. Ich brach den Zauber dieses Mal, aber ich wußte, ich würde ihn noch einmal probieren. Wohin würde ich kommen, wenn ich es wagte, die Augen geschlossen zu halten?

Der Rundlauf kam mir wieder in den Sinn. Ich wollte kreisen, aber auch einen Halt haben. Eindrehen, aber auch wieder hinaus finden. Der Faden ins Labyrinth. Ich mußte einen Faden haben, der mir Wegweiser sein konnte.

Die Eiche stand ziemlich frei auf der Lichtung. Sie gab mir schließlich die Idee. Ich band eine Schnur um ihren Stamm und knüpfte sieben Knoten in gleichen Abständen in die Schnur. Ganz außen wollte ich anfangen und Knoten für Knoten mich nach innen tanzen. Ich ahnte, daß ein uraltes Ritual in diesem Kinderspiel versteckt lag, das ich aufwecken, erneuern würde, sobald ich zu tanzen anfing. Jede Handbewegung wird ein Ruf sein! Jede Drehung des Körpers ein Bannen, ein Lösen!

Dann straffte sich die Schnur in meiner Hand. Ich hielt den Knoten fest. „Feige bist du auch noch, wie?"

Mir gegenüber, an den Stamm der Eiche gelehnt, saß die alte Domino-Spielerin und zog an der Schnur.

„Nur vorsichtig", sagte ich.

„Sei lieber hellsichtig!" spottete sie.

Sie warf einen Dominostein nach mir. Ich wich ihm aus. Die Punkte auf dem Stein bildeten eine Doppelspirale, oder war es die Doppelfünf?

„Manches begegnet dir nur einmal im Leben, da mußt du dich wirklich einmal entscheiden."

„Wenn es wichtig ist, kommt es wieder", sagte ich vorlaut. Sie lachte höhnisch.

„Wenn es wichtig ist, kommt es wieder, Madame?"

Ich wußte ja nicht einmal, was wiederkommen sollte. Wieder war ich ganz am Anfang und hatte keine Ahnung.

Die Alte begann, einen Kreis aus aufgestellten Dominosteinen um mich herum zu bauen. Ich kannte das Spiel: wenn du einen umwirfst, fallen nacheinander alle anderen um.

„Sehr klug von dir, das zu erraten", sagte sie, „aber was will ich dir damit sagen, na los?"

Ich starrte sie an.

„Oh je", seufzte sie. „Es ist schon eine rechte Plage mit dir."

Da sie gerade hinter mir stand, gab sie mir einen Stoß in den Rücken.

„Ich will dir sagen, daß es reicht, einen Stein umzuwerfen, alles andere erledigt sich von allein. Verstehst du das? Du mußt nicht alle Steine der Welt bewegen. Das vereinfacht die Sache. Es reicht, wenn du den entscheidenden findest und den bewegst. Na? Kapiert, Madame?"

Das Madame zog sie spöttisch in die Länge. Mit ihrem dünnen Zeigefinger stieß sie gegen die Doppeleins und leise klickend fiel der ganze Kreis um mich herum. Ich stand auf.

„Geh endlich", sagte sie.

Mit einem Satz war sie auf meinen Rücken gesprungen und trieb mich an. Sie schlug mit der flachen

Hand auf meinen Hintern. Die Arme hatte sie um meinen Hals geschlungen und erwürgte mich fast.

„Halt dich am Knoten fest", rief sie.

Ich galoppierte um die Eiche herum, wie ein Pferd, das dressiert werden soll, immer im Kreis herum. Die Alte war schwer, ich begann zu keuchen und zu würgen.

„Laß mich los", rief ich.

„Befrei dich", schrie sie mir direkt ins Ohr.

Na gut. Sie hatte es gewollt. Ich nahm den Knoten in die Linke, um die Orientierung nicht zu verlieren, und öffnete mit der Rechten ihre verschlungenen Arme vor meinem Hals. Dann war es ganz einfach, sie nach hinten fallen zu lassen. Sie versuchte noch, mir ein Bein zu stellen, aber ich war schneller und sprang über sie hinweg. Als ich mich umdrehte, war sie verschwunden. Mit der Fußspitze schob ich den Dominostein beiseite.

Mit geschlossenen Augen ging ich einfach immer weiter. Den Knoten hielt ich fest in der Hand, das Seil führte mich im Kreis herum. Die Fußflächen begannen sich mit der Erde zu unterhalten.

Da war eine Mauer. Meine äußere Schulter schien eine Mauer zu streifen, die um mich herum aufragte. Ich war im Inneren eines runden Mauerwerks. Wie ein Turm – oder ein Tempel.

Ich bin eine Finderin, dachte ich. Alles kann ich finden, wenn ich nur weiß, was ich suche.

Ich suche die Schwelle zu meinem eigenen Tempel, in dem ich mich endlich selber feiern kann.

Da waren Steinplatten, wie zu einem Muster zusammengefügt. Dazwischen festgetretene Erde. Festgetreten von mir? Von uns? Ich konnte keine Gesichter erkennen, obwohl ich spürte, daß ich nicht allein war. Um mich herum graue Nebel, keine Form, nichts Faßbares, ein Wispern.

Mit dem Fuß stieß ich an einen Stein. Eine Schale. Wofür? Wasser? Honig? Blut. Nein, kein Opferblut. Anderes Blut. Das Blut, das vor dem Töten da war, das lebendige Blut der schöpferischen Kraft. Es gab ein Geheimnis, aber inmitten dieser grauen Nebel konnte ich es nicht entschleiern.

Gesang. Ich hörte Gesang. Wie die Brandung von Meerwellen, wie ein Zischen und Summen. Ein tiefer Ton, der gegen meine Bauchdecke vibrierte. Mit Blut bemalen, tanzen! Spiralen nach innen tanzte ich. Neumondfeste feierte ich.

Ich zog mich weiter hinein, zum nächsten Knoten.

Da waren Hände, aber keine Menschen. Hände von vielen Frauen materialisierten sich aus den Nebeln, richteten sich zu einem Kreis. Hände, die leuchteten. Ein blauer Schimmer lag in dem Kreis der vielen Hände.

Aus dem Licht entstand eine Kugel, matt schimmernd. Aus der Kugel kristallisierte sich ein Bild: eine grüne, sonnenbeschienene Landschaft, die Wiese, auf der ich um die Eiche tanzte. Ein plötzlicher Feuersturm fegte über das grüne Land und fraß sich klirrend hinauf zu den Wipfeln der Bäume. Weiter tanzte ich über die verkohlte Landschaft, die sich unter meinen Füßen ausbreitete.

Brachte ich das Feuer? Um mich herum loderte und knisterte es. Alles brannte nieder, und ich mitten drin, schaute auf die Asche meines Körpers.

„Es ist jemand hier“, sagte eine Stimme leise.

Die Lichtkugel saugte das Bild der Landschaft wieder in sich ein. Deutlicher wurden die flüsternden Stimmen im Lichtschimmer vor mir, der Gesang wurde lauter, Töne brandeten gegen meinen Körper. Ich ließ sie durch mich fließen.

„Es ist jemand hier“, sagte die helle Stimme wieder.

Ich stand im Licht, unfähig mich zu bewegen. Es gab nichts, wo ich mich hätte verbergen können.

Die Mauern hatten sich um mich herum geschlossen. An Umkehr war nicht mehr zu denken. Jeder Schritt, den ich nach vorne setze, versank in einer undefinierbaren weichen Masse.

In der Ferne tropfte Wasser, leise hallte der Ton als Echo von den Wänden, die ich nicht sehen, aber fühlen konnte, wie ein weites unterirdisches Gewölbe. Weiter zog ich mich an dem Strick. Als ich den neuen Knoten fühlen konnte, hörte ich leises Lachen.

„Wie heißt du?" wisperte es.

Mitten in der Bewegung hielt ich ein. Wie heiße ich?

„Wie heißt du?" fragte es mit vielen Stimmen.

Mein Name! Mein Name! hämmerte es in mir.

Namen rasten durch meinen Kopf. Die Namen meiner Freundinnen, meiner Mutter, meiner Großmutter, meiner Lehrerin, meiner Schwester, meiner Tochter. Aber mein Name wollte sich nicht finden. Du mußt dich einfach entscheiden, dachte ich fieberhaft.

Ich muß einen Namen haben!

„Benenne dich selbst! Schöpfe dich neu. Du bist dein eigenes Geschöpf", wisperte es um mich.

Quälend langsam öffnete sich mein Mund. Ich wollte sprechen, schreien, aber kein Ton kam. Dann löste sich aus der Tiefe meines Körpers der Name, dem ich auf der Spur war. KALYPSO.

Er hallte nach in der Tiefe vor mir, wie Schläge prasselte es von den Wänden und aus dem O wurde ein Schlauch, der mich einsog.

Nein, dachte ich. Nicht so schnell. Lieber nicht. Doch um mich herum pulste es: Fürchte dich nicht. Wage es! Du kannst. Suche! Geh tiefer! Geh zu dir!

Wie brüchige Rinde fiel die Angst von mir ab, eine

neue, glatte, heile Haut der Lust kam darunter hervor, schmiegte sich an die sanften Wände des saugenden Wirbels. Um mich herum erkannte ich Figuren, Bilder, aber zu schnell wirbelte ich vorbei, um sie zu betrachten. Ich streckte die Hände aus und berührte die eingravierten Muster der Wände, durch die es mich rasend schnell zog. Lachen schaukelte mich in Licht. In Lust. Ein Erdbeben in mir, ein Feuersturm.

Immer enger wurde der Kanal, immer öfter schlug ich im Taumel gegen die Wände, die nun kühl und hart waren.

„Du mußt alles hier lassen", sagte eine Stimme. „Alles."

Mein Lachen erstarb. Der Raum weitete sich um mich herum. Zögernd nahm ich meine Ringe ab, meine Kleider, das Amulett. Nichts sollte ich behalten, gar nichts? Der Körper dehnte sich seufzend, wurde breit, stark, fest. Plötzlich gefiel mir, daß ich breite Schultern hatte, daß ich kräftig und stark war. Stark genug dazustehen und nicht umzufallen.

Hände nahmen mich in Empfang, als ich mich zum nächsten Knoten zog. Sie streichelten mich. Ich konnte niemanden sehen, doch war ich nicht allein. Niemals wirklich allein.

„Du bist im Traumhaus", sagte eine Stimme. Ich schaute mich um. Aus Nebel und Licht kristallisierten sich Bilder, wurden farbig, Teile davon lösten sich auf, bildeten neue Gestalten. Ich ging durch die Bilder, nahm sie in mich auf, löste mich wieder von ihnen.

Plötzlich hörte ich direkt vor mir ein lautes Knurren. Ich blieb stehen. Zwei Löwen versperrten mir den Durchgang. Sie rissen die Mäuler auf.

Ich hob die Hände. „Laßt mich vorbei!" sagte ich.

Obwohl sie weiter brüllten und knurrten, ging ich

einfach zwischen ihnen hindurch. Meine Schenkel berührten ihre Köpfe. Wenn sie lachen, brüllen sie genauso, dachte ich.

Der Gang war jetzt so eng und niedrig, daß ich mich bücken mußte, um weiterzugehen. Ich zog mich zum nächsten Knoten, hinein in die Windungen meines Schneckenhauses, endlich zu mir.

Die Wände waren hell und glatt, keine Zeichnungen, keine Bilder. Nur noch diese helle durchsichtige Haut um mich herum. Eihaut. Mit jedem Schritt wurde es dunkler und enger. Ich zog mich am Seil hinein, weiter hinein bis zum Ende. Ich war angekommen. Allein in mir, wo es keine Namen, keine Begriffe, keine Sprache, keine Urteile, keine Meinungen, keine Ziele, keine Angst gab. Wo niemand gerufen wurde. Wo nichts gewünscht wurde.

Ich füllte mich ganz aus, im Raum meiner weitesten Ausdehnung und meines winzigsten Kerns. Ich saß im Zentrum meiner selbst und tanzte mich in alle meine Seinsformen, in alle meine Räume, Zeiten, Schichten. Die Dunkelheit hallte wider vom Schlag meines Herzens. Traumverloren tanzte ich im Kreislauf meines eigenen Herzschlags. Ich hob die Hände. Glühendes Licht wuchs aus den Handflächen und pulste mit meinem Puls hinaus in die Nacht.

Ich ließ mich fallen. Endlich konnte ich mich ganz fallen lassen. Rasend schnell fiel ich in meine eigenen Arme. Sie fingen mich auf und wiegten mich.

Tod

Die Unbekümmertheit, mit der ich bisher alle meine Grenzen immer wieder spielerisch überschritten habe, ist mir verlorengegangen. Sogar vor dem Einschlafen habe ich Angst vor Erlebnissen, die mich so schwerwiegend verändern könnten, daß mir jeder Maßstab, jeder Halt verlorengeht. Ich sehne mich nach einer strengen, ja fast dogmatischen Ordnung. Ich lebe nach lächerlich engen Regeln. Stehe jeden Tag früh auf, nehme sogar einen stumpfsinnigen Tipp-Job an, um meinen Geist zu beschäftigen. Zu besänftigen? Wenn ich in den Spiegel schaue, bemühe ich mich, beiläufig zu schauen, unauffällig.

Jeden Tag tanze ich eine Stunde und trainiere meinen Körper. Das scheint mich ebenso zu erden wie Spaghetti, die ich immer dann esse, wenn mein Geist wieder loszufliegen droht. Eines Morgens, mitten in erschöpfenden Wirbelsäulenübungen höre ich sie. Dieses heisere Lachen.

„Wirkliche Reise ist Wiederkehr", sagt sie. „Wie wär's?"

„Ich bin zurückgekehrt", sage ich.

„Du bist in der grauen Welt", sagt sie spöttisch. „Hast du noch nicht bemerkt, daß du steckengeblieben bist? Nur wenn du dich frei hin und her bewegen kannst, bist du wirklich zurückgekehrt."

Meine Erinnerung ist noch jung. Zu jung und zu neu, um mich sicher zu tragen. Noch fehlt mir die Erkenntnis zu meinen eigenen Geheimnissen. Wenn ich auch nicht mehr das Vergessen suche, brauche ich doch mehr denn je die Sicherheit meines Körpers, um nicht bodenlos zu fallen.

„Du möchtest Kalypso begegnen und bist dir selber noch nicht begegnet“, spottet sie.

Sie wirft ihren Dominostein auf den Boden meines Zimmers. Wie unter einem Mikroskop betrachte ich die Linien und Risse meiner Haut. Gleichermaßen fasziniert und ängstlich beobachte ich, wie die Haut sich verändert, wie sie unter meinem Blick zu wachsen beginnt. Sie wächst in die Länge, wird dicht und schuppig. Ich möchte mich schälen, die tote Haut endlich hinter mir lassen. Eine ruckartige Bewegung durchläuft meine Wirbelsäule, die biegsam und weich ist. Ich gleite zwischen meinen Zimmerpflanzen hindurch ins Freie. Schlängle mich durch trockenes Herbstlaub, zwischen Kieselsteinen hindurch ins Dickicht des Obstgartens. Im weichen Gras ruhe ich mich aus und warte auf den Mond. Meine Haut bildet neue Landschaften, die sich im wechselnden Mondlicht Stunde um Stunde verändern. Trocken wie die Erde nach einem heißen Sommer ist die Struktur der Haut, sie zieht Risse, fällt ab von mir, als wolle sie nichts mehr zu tun haben mit mir.

Ein sattes, wollüstiges Gefühl strömt in mich, wo ich mich reibe, bleibt ein schillerndes Stück Haut zurück. Was für eine Lust, in diesem Körper zu sein. Deutlich höre ich das Tuscheln der Blätter, leise und silbrig, klirrend fast. Ein großes Fest ist im Gang. Das Fest der ständigen Erneuerung. Meine Zunge ertastet das Gewebe der Blätter. Der Wald steht versunken im jahrhundertealten Gespräch. Ich falle in einen Taumel der Liebe mit der eigenen Haut und weiß, daß alles, was um mich lebt, mich betrachtet. Durch die Dunkelheit winde ich mich über faulende Schichten, die daran arbeiten, sich in Erde zu verwandeln, Lust in jeder Pore meines immer neuen Körpers ...

„Das nennst du Rückkehr!“ fährt ihre scharfe Stimme durch meine verbotenen Träume. „Flucht nenne ich das. Du bist vergnügungssüchtig. So wirst du es niemals zu deiner ganzen Erscheinung bringen.“

Ihr Tadel läßt meinen Körper schwer einsinken. Ja, es ist ein unbeweglicher, schwerer, schwerfälliger Körper, den ich habe.

Ich sehe ihr Gesicht dicht über meinem. Aber Angst habe ich nicht mehr vor ihr.

„Tod“, flüstert sie. „Suche den Tod. Nicht den Tod der Väter, den Tod der Mutter, der alles erneuert. Nur wenn du den Tod kennst, kannst du wirklich leben. *Wirklich*, weißt du, was das heißt? Im Wirken leben. Verstehst du. Wirken, weben, träumen, schaffen, ja, wirklich, wirklich ...“

Sie hebt ihre Arme und breitet einen dunklen Mantel zwischen mich und die Welt. Die Rückseite des Mantels ist ein loderndes Feuer.

Alles brennt sie nieder und schließlich ist auch sie verschwunden. Ein Tod kommt auf mich zu, der mich weder müde noch hoffnungslos macht. Eine not-wendige Erneuerung. Endlich das Alte zurücklassen, loslassen, nicht mehr klammern. Endlich aus der alten Haut fahren und sie wirklich wahr nehmen.

Ich schließe die Augen. Da höre ich sie zum ersten Mal singen. Ihre Lieder sind aus Farben und aus Licht gewoben. Aus den Fäden der Sterne zieht sie ihre Gesänge, Kalypso, die Kraft in mir, die sich suche. Singend öffnet sie alle meine Poren. Ich fühle die Sandkörner ihres Strandes auf meiner Haut. Ihr Lied ist ein Nachgesang auf meinen alten Körper. Ein Liebeslied. Mit ihrem Lied trägt sie die Ängstliche, die Kranke, die Leidende, die Verzagte, die höflich

Lächelnde, die Hoffnungslose in mir zu Grabe. Ein Todeslied.

Ich sinke tiefer in den Sand. Würmer und Käfer kriechen über mich und beginnen schließlich, an mir zu fressen. Anstatt in Panik zu geraten, finde ich es angenehm. Wohlig fühle ich, wie sie Stück um Stück meinen Körper teilen, fressen. Ich fühle das leise Schaben und Knacken an meinen Knochen, ich werde so leicht ...

Zärtlich gebe ich meinen Körper denen hin, denen ein Leben lang ich nur genommen hatte. Ich betrachte meine Knochen mit neuer Aufmerksamkeit, meine Hautfetzen, die Augenhöhlen, die Zähne mit den ungewohnt freiliegenden Plomben. Teile von mir liegen überall verstreut herum und werden von den Tieren aufgefressen.

Die Leichtigkeit in mir weicht einer Leere. Ich liege in feuchter Erde, ganz und gar leer, substanzlos. Aber wie ich hineinfühle in diese Leere, liegt mein Skelett im Sand, und ein Sturm peitscht Millionen von Sandkörnern gegen meine ausgebleichten Knochen. Ich genieße das Prickeln der Sandkörner auf meinen Gebeinen. Eine Tamariske wächst durch mein Schlüsselbein und gräbt sich nach oben. Ihre Blätter wiegen sich in anmutigem Tanz, der Wüstenwind spielt ihr auf.

Daß mein Körper sich mit soviel Licht anfüllen kann! Wie ein gelber Strom fließt das milde Licht der Wüste in mich hinein und füllt mich aus. Das Licht dehnt mich aus, hebt mich hoch.Ich breite meine Arme weit aus und dehne mich der Sonne entgegen, fülle mich ganz mit ihrem Licht, tanze mit den Partikelchen ihrer goldenen Strahlen und sinke mit der einsetzenden Dunkelheit schwer auf die Erde zurück. Das Mondlicht läßt mich von neuem wachsen und eine unendliche weite Lichtgestalt bilden und die Morgendämmerung kühlt mit ihrem Tau die dürren Knochen.

Alle Glieder lösen sich von meinem Leib, fliegen fort, sie gehören nicht mehr zu mir. Die Füße, die Beine, das Becken, der Leib, die Brüste, der Kopf, Arme und Hände, alles löst sich auf und verliert sich tanzend im neuen Licht des Tages. Nach einer Weile werde ich mitten im ekstatischen Tanz unruhig. Ich kann ja nicht leben, wenn ich nicht alle Teile meines Körpers wieder rufen und finden kann. Ich muß mich vollständig wieder zusammensetzen.

Ich rufe nach Kalypso, nach ihrem Gesang.

Sie gießt Wasser über mich, und es erreicht mein Bewußtsein wie ein Schock: das kalte Wasser des Lebens, das Erschrecken über die neue Welt.

Ich rufe meine Füße, meine Beine, mein Becken, meinen Leib, meine Brüste, meinen Kopf, meine Arme und Hände. Alles gleitet auf Kalypsos Gesang zu mir zurück. Alles kommt an den alten Platz und ist doch nicht wie vorher.

Ich weiß, daß mein Leben jetzt von der Lebensenergie abhängt, die ich aufbringe, die ich durch meinen Atem in den Körper trage. Wie weit war ich! Wie ich mich verlieren konnte! Wieviel Raum ich ausfüllen konnte! Noch einmal dehnt mein Innerstes sich in dieser Sehnsucht aus, breit wie ein See, hoch wie ein Berg ...

Wie soll ich zurückfinden in diesen engen Körper, so schwerfällig und unbeweglich ...

Unermüdlich singt sie mir Glied für Glied, Zelle für Zelle in meinen Körper zurück. Mein Atem trägt mich an die bekannten und unbekannten Orte meiner selbst. So verlockend die Auflösung immer noch in mir schwingt, so klar wird die Erinnerung.

Wirkliche Reise ist Rückkehr. Ich muß zurück.

Ohne meinen Körper bin ich weder dort noch hier. Bleibe ich im Grauen Nebelbereich stecken, verliere mich, diesmal wirklich.

Da sind Stimmen, die rufen.

„Wo seid ihr? Wie nennt ihr das Land, in dem ihr lebt?"

„Wir nennen es Irrenhaus", sagen sie.

Das Herz schlägt kräftiger, fordernder pumpt der Atem. Zurück, zurück.

Ein Schmerz fährt durch Beine und Bauch mitten ins Herz. In diesem Moment scheint es mir so lächerlich wie unmöglich in einem so schwerfälligen Körper zu leben. Hilflos muß ich mit ansehen, wie ich nicht einmal eine Hand bewegen kann. Wie ich mich nicht tragen, noch weniger ertragen kann. Bleischwer und unbeweglich liege ich zwischen den Knochen. Ich ringe nach Luft. Das Blut kämpft sich einen Weg durch die Adern, es fühlt sich dick und nadelspitz an. Jeder Herzschlag gleicht einem Keulenschlag in allen Körperteilen.

Der Körper wird wirklicher, fordernder, und im selben Maß verschwindet Kalypsos Gesang.

Ich wiederhole mir Befehle, zu lebendig jetzt, um noch einmal zu sterben. Arme heben. Beine heben. Lange Zeit ziehen diese Befehle durch ein taubes Hirn, bis endlich eine Art Reaktion entsteht. Diese Qual, diese ungelenken Glieder, die nicht zu mir gehörig scheinen. Hilflose Schritte, hierhin dorthin, fühllos. Kein Gesang, kein Licht, keine Leichtigkeit. Wie mörderisch muß einem Neugeborenen diese Welt erscheinen! Stundenlang ging ich wie betäubt durch den Wald. Ich hämmerte es mir ins Gedächtnis: dieses Leben hast du gewählt. Steh es jetzt durch. Bring's zusammen! Du hast dich erinnert. Jetzt kannst du die Erinnerung wirklich leben!

Ich weinte, weil es so weh tat. Aber der Schmerz brachte die Lebendigkeit wieder. Ich streichelte mich, klopfte mich, rieb mich an einer Baumrinde. Ich weinte um mein Leben.

Ich grub mein Gesicht ins Moos und heulte wie ein Wolf. Dann wußte ich: das genau ist meine Kraft. Ich kann mich verwandeln und es aushalten. Ich kann alles sein, nichts, Materie, Luft, Licht, Feuer, Wasser.

Ich kann mich wandeln, wie wir das alle können und immer konnten. In allen Zeiten und jetzt auch.

Ich fing zu lachen an. Erdverschmiert lachte ich mich aus. Jetzt war ich wirklich da. Verbunden mit allen anderen, mit tausend Namen und Gebilden, mit Tieren, Gras, Steinen. Und wirklich ich selbst.

Im Herzen des Wirbelsturms ist Ruhe

Ich lernte. Ich lernte, meinen Körper zu bewegen. Ich lernte die Bedeutung der Handflächen, der Fußflächen, der Fingerspitzen erkennen.

„Der Mittelfinger ist der Finger der Kraft", sagte sie eines Nachts an meinem Bett. Ich wartete auf den Dominostein, aber der kam nicht.

„Mittelfinger, Bannfinger. Nichts, was du nicht mit ihm bannen könntest!

Und mit dem Zeigefinger sprichst du zu allen Wesen. Aus der Spitze des Zeigefingers fließt der Strom deiner Erzählungen. Alles kannst du erzählen mit dem Zeigefinger."

Ich probierte ein bißchen herum.

„Die kleinen Finger aber sind die Verbindung zu den Sternen. Durch ihre Spitzen verbindest du dich mit den fernen Sonnen. So!"

Sie zeigte es mir.

„Die kleinen Finger weben die Netze zwischen dem Universum und der Erde, das ist die Sprache, die auch Tiere und Pflanzen verstehen.

Der Daumen ist die Verbindung zum Körper und seine Spitze hat heilende Energie."

Sie drückte mir ihren Daumen in die Rippen, da wo ich am kitzligsten bin.

„Mit dem Daumen kannst du Wunden schließen und die Lust wecken, dein Daumen kann die Erde lebendig streicheln. Vergiß nicht, daß nicht nur du Bedürfnisse hast ..."

„Und was ist mit dem Ringfinger?“ frage ich ungeduldig.

„Ach der“, sagte sie, „der trägt die Verantwortung.“

Ich begann, die Finger in meine Tänze einzuarbeiten, begann meinen Körper zu bewegen, einzukreisen. Unabhängig voneinander bewegte ich die Hüften, die Arme, die Beine, die Hände und den Kopf. Kreisend, kreisend arbeitete ich mich in meine altbekannte Materie, um sie neu zu erfahren.

Ich fing langsam an, zu begreifen, daß in der Form der Tänze alle alten Weisheiten verschlüsselt worden waren. Bewegung um Bewegung ertanzte ich mir das Wissen, setzte mich auf den Boden und ließ es nachhallen, wirken, fließen. Ich zerknüllte mich und glättete mich wieder. Vorwärtstanzend setzte ich Prozesse in Gang, um sie rückwärtstanzend wieder einzurollen.

Und schließlich war es soweit. Eine Reise war fällig. Die Reise zu Kalypsos Insel.

***

Die meiste Zeit verbrachte ich im Tempel der Riesin: Ggantija. In der Nacht lag ich still und fühlte die großen Steine gegen meinen Körper atmen. Sie trugen mich, sie hielten mich. Nach den Schrecken der ersten Nacht lachten sie mit mir.

Ich erfuhr, daß Todesangst mehr ist, als die Angst zu sterben: die Angst, lebend zu versagen und deshalb den Körper feige aufzugeben, weil die Kraft nicht ausreicht.

Jede Nacht wurde ich wacher, aufmerksamer. Dann hörte ich sie sprechen:

Sie werden uns lieben.
Sie werden euch fürchten.
Sie werden uns verehren.
Sie werden euch in den Staub werfen.
Sie werden unsere Macht sehen.
Sie werden eure Macht sehen.
Sie werden eure Macht brechen.
Sie werden töten, um euer Blut in ihre Gewalt zu bekommen. Sie werden euch auslöschen. Sie werden euch unterwerfen. Sie werden euch schlagen. Verhöhnen. Zertreten. Und ihr werdet eure Hand nicht gegen sie heben, weil ihr Gewalt nicht kennt.

Sie werden euren Blick brechen, und nur die Erde werdet ihr frei ansehen können, ohne sie zu erkennen. Sie werden eure Hände binden in täglicher, sinnloser Arbeit. Sie werden eure Füße lenken, eure Worte bestimmen, eure Gedanken stören, des nachts werden sie über euch herfallen.

Niemals aber werden sie das haben, was eure Macht bedeutet. Und wenn ihr sie wiederfindet, wird eine neue Zeit kommen.

Sie werden sich im Unglück verzehren nach eurem Körper, doch sie werden euch nicht fühlen. Taub für eure Sprache, fühllos für eure Berührung, werden sie sehnsüchtig mit euch sprechen, sanft tun und wild im Inneren toben ...

Ich horchte auf die Steine, aber es wurde still.

Das Mondlicht fiel in die runde Öffnung des Altarsteins und floß über den Boden in die Ritzen der Steinplatten. Längst hatte ich keine Angst mehr, aber Unruhe hatte mich erfaßt. Ich wartete auf eine Begegnung, auf ein Zeichen, auf eine Hand auf meiner Schulter, auf einen Dominostein. Nichts geschah.

Der Himmel wurde grau. Ich starrte auf die großen

Mond-Tanz

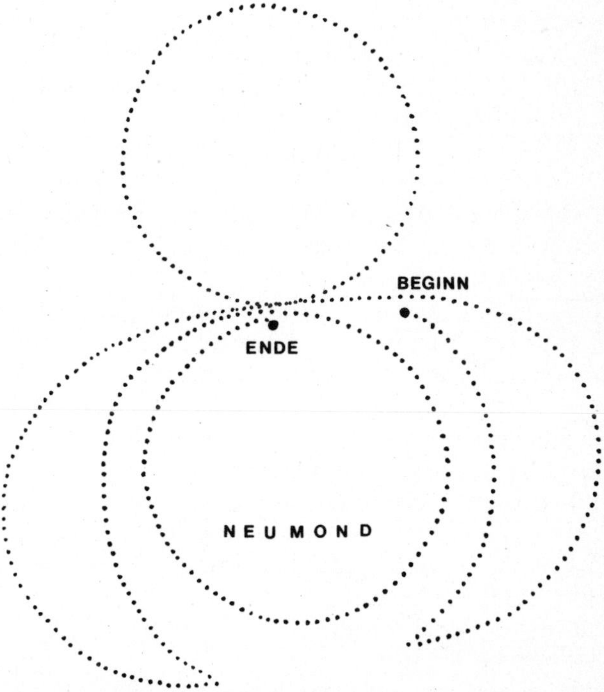

Steine, sie starrten zurück. Alles hielt den Atem an. Ich stand auf und schenkte dem Tempel das einzige, was ich zu geben hatte: meinen Tanz.

An der Schwelle begann ich und tanzte mich hinein in die zunehmende Mondsichel der rechten Altarapsis, in das Rund des vollen Monds im Allerheiligsten, in die abnehmende Mondsichel der linken Altarapsis und schließlich in den verhüllten Kreis des Neumonds in der Mitte des Tempels. Der Tanz lockte einen Gesang aus mir, an dem ich mich selbst nicht satthören konnte.

Ich tanzte die doppelte Spirale, spürte keine Müdigkeit und keine Sehnsucht. Ich tanzte, leicht wie ein Staubkorn, unendlich.

Mit dem ersten Sonnenstrahl ließ ich mich auf den Boden fallen. In dem Gefühl, zu Hause zu sein, schlief ich auf dem Erdboden eingerollt ein. Im Herzen des Wirbelsturms, in der wildesten Bewegung des Tanzes hatte ich Ruhe gefunden.

Ich träumte, mit dem ganzen Körper noch im Tanz, daß ich am Meeres-Strand tanzte. Ich trug nur ein buntes Tuch um die Hüfte. Während ich im Kreis herum tanzte, kamen schwarze Frauen und Männer und umringten mich. Sie schauten mich ernst an. Ich hörte auf zu tanzen und wartete.

„Was immer du tust", sagte eine schwarze Frau, die aussah wie die afrikanische Zauberin, die ich einmal getroffen hatte, „du bist immer verbunden mit denen, die dasselbe tun."

„Und wer ist das?" fragte ich.

Sie grinste mich an.

Ich hatte ein unbehagliches Gefühl. Ich wollte meine Arbeit allein tun. Ich wollte mich nicht organisieren, nicht teilen, nicht teilnehmen.

„Aber das geht nicht", sagte Sahadji. „Du kannst

ja auch nicht allein auf der Welt leben. Was denkst du dir?"

Sie gab mir einen Stoß, ich fiel, wurde aber von einer anderen Frau aufgefangen. Die Männer gingen aus dem Kreis und fingen an zu trommeln. Die Frauen warfen mich lachend von einer zur anderen. Ich ließ mich werfen. Ließ mich fangen. Begann, den Tanz zu genießen. Die Trommeln wurden präziser. Ich spürte, daß eine gemeinsame Arbeit im Gange war. Nahtlos fügte ich mich in die tanzenden Frauen ein, gab meine Kraft in den Tanz wie sie und schöpfte aus dem Kreis neue Kraft. Vor mir das Gesicht der Zauberin Sahadji.

„Es wird Zeit, daß du lernst. Willst du nicht zu mir kommen? Ich bin auf dem Höhepunkt meiner Macht. Ich muß mein Wissen weitergeben. Nach unseren Gesetzen gibt jede Priesterin auf dem Höhepunkt ihrer Macht ihr Wissen an eine jüngere Frau weiter, so kann die Frau zunehmen in ihrer Weisheit, während die andere abnimmt und sich verhüllt, stirbt und wiederkehrt. Wir machen es wie der Mond. In der Fülle treffen wir uns und nehmen ab, nehmen zu, wachsen, vergehen ... Wie gefällt dir das?"

Ich konnte ihr keine Antwort geben, denn ich wachte auf und wußte nicht, wer sie war.

„Ich werde darüber nachdenken, Sahadji", sagte ich und machte mich auf den Weg.

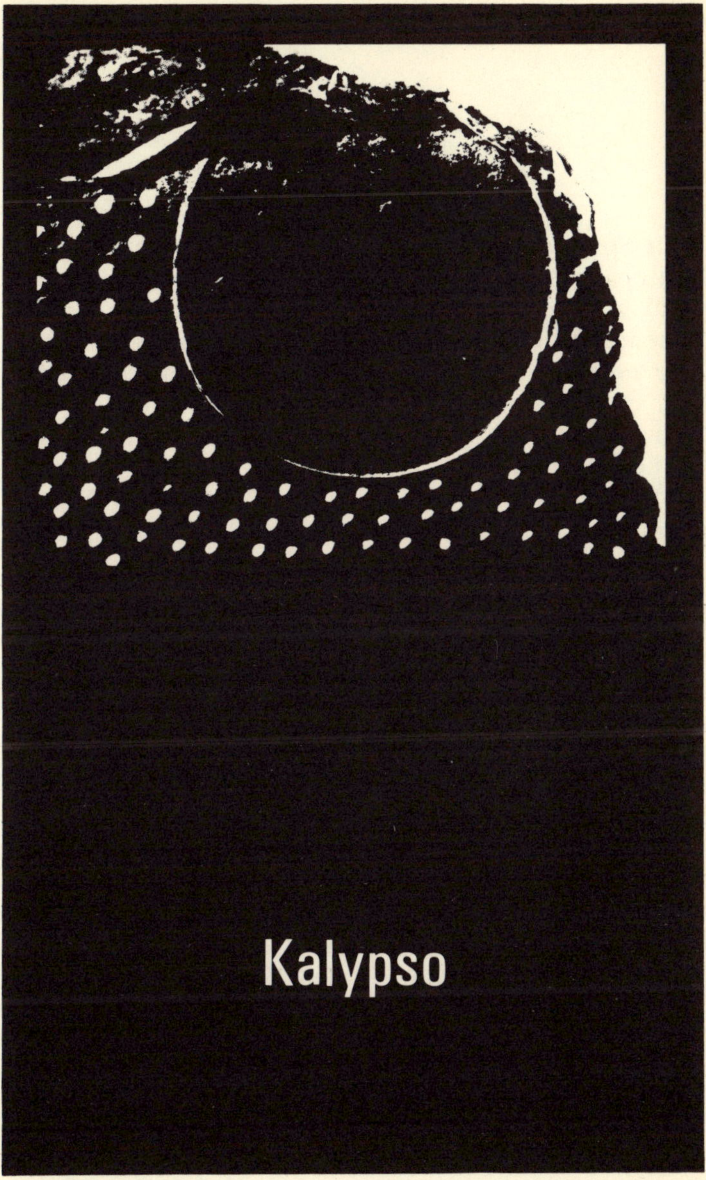

Kalypso

Vor Sonnenaufgang machte ich mich auf den Weg zu Kalypsos Bucht. Ich packte Proviant in einen Beutel und ging los, quer über die kleine Insel. Unterwegs traf ich auf eine Sternschnuppe, die mich aufforderte, mir etwas zu wünschen. Ich möchte den Weg finden, der etwas in mir erfüllt, dachte ich. Aber nachdem ich mir das gewünscht hatte, wußte ich nicht mehr, was es bedeuten sollte.

In der Ferne tauchte ein großer Felsen auf. Ich ging darauf zu, sah aber bald, daß es kein Felsen sein konnte. Eigentlich sah es aus wie ein Mensch, aber so groß, daß auch das unmöglich schien. Ich zögerte. Eine Konfrontation wollte ich vermeiden. Auf ein Gespräch hatte ich keine Lust. Und wenn es sich um einen Menschen handelte, war es ein sehr großer. Ungemütliche Vorstellung.

Dann fand ich es albern, mitten in der Landschaft einen Umweg zu machen, nur wegen eines Felsens. Angst hatte ich keine. Also ging ich geradewegs darauf zu.

Die Gestalt saß mit dem Rücken zu mir und war so lebendig wie ich selbst, denn sie aß etwas. Sie schien Nüsse zu knacken. Als mein Atem, meine Schritte hörbar wurden, drehte sie den Kopf zu mir herum, und ich stellte erstaunt fest, daß es sich bei diesem Riesenmenschen um eine junge Frau handelte. Sie hatte ein ebenmäßiges, klares Gesicht mit dunklen Augen. Im Sitzen war sie mindestens zwei Meter groß.

Sie nickte mir zu. Ich blieb stehen und versuchte, die Fassung wiederzugewinnen. Es war nun nicht mehr dunkel. Ich war ausgeschlafen. Kein Zweifel. Die Riesin saß wirklich da. Sie lächelte mich an.

„Bist du Kalypso?“ fragte ich schließlich ein wenig einfältig.

Sie lachte hell auf.

„Bist du Kalypso?“

Ich zuckte die Schultern.

„Du weißt nicht, wer du bist?“

Belustigt knackte sie eine weitere Nuß aus ihrem Beutel.

Ich fühlte mich unbehaglich. Eigentlich wollte ich wissen, wer sie ist. Ihre Erscheinung war auf jeden Fall ungewöhnlicher als meine.

„Ich weiß, wer ich jetzt bin“, sagte ich langsam.

„Und? Wer bist du?“ Ihre Hand blieb auf dem Weg zum Mund in der Luft stecken. Sie hielt den Atem an und schaute gebannt auf meinen Mund.

Ich zuckte die Schultern.

Da lachte sie so, daß der Sack mit Nüssen von ihren Knien rutschte und zu Boden fiel. Verlegen bückte ich mich danach. Es war mir ganz recht, daß ich mich zu Boden beugen und ihrem Blick ausweichen konnte.

Sie erhob sich. In voller Größe war sie so riesig, daß ich mich erschrocken wegduckte.

Sie nahm mir meinen Beutel von der Schulter und kramte darin herum, während ich etwas unsicher weiterhin ihren fallengelassenen Sack umklammerte.

Sie nahm überhaupt keine Notiz von meiner Unsicherheit. Ich sammelte derweil die herausgefallenen Nüsse ein, die sich als Saubohnen entpuppten. Schon fing sie wieder an zu lachen.

Sie schnupperte an meinen Broten.

Ihre Heiterkeit begann mich anzustecken. Wir setzten uns nebeneinander, jede mit dem Beutel und dem Proviant der anderen in der Hand. Ich saß aber so tief unten, daß wir uns nicht unterhalten konnten. Da hob sie mich mit ihren suppentellergroßen Händen auf ihre Knie.

„Wozu ißt du das?" fragte sie grinsend und deutete auf meine Brote.

„Wenn ich Hunger habe", begann ich umständlich, „dann esse ich das, dann habe ich keinen Hunger mehr ..."

„Aber du mußt doch etwas essen, das dir Kraft gibt", sagte sie.

„Ich dachte, das gibt mir Kraft", antwortete ich kleinlaut.

Sie schaute sich die Brote noch einmal genauer an, so als habe sie vorher vielleicht etwas Entscheidendes übersehen. Oder so, wie eine Mutter sich die Sandkuchen ihres Kindes anschaut. Ihr ganzes Gesicht war von Lachfältchen überzogen.

Ich fühlte mich wohl auf ihren Knien. Obwohl sie sehr jung wirkte, strahlte sie auf mich Geborgenheit aus.

„Iß von meinen Bohnen, Kleine", sagte sie und schob mir welche unter die Nase.

Ich begann, die roten Saubohnen zu knacken. Nicht daß sie mir schmeckten! Aber es strömte eine wohlige, mehlige Kraft von ihnen aus. Ich schaute mir ihren Körper an, der dicht an meinem war. Breit und groß, kräftig. Furchtlosigkeit strahlte sie aus, mehr noch, sie wußte gar nicht, was Furcht ist. Mit neugierigen Augen besah sie sich alles Fremde, ohne Vorbehalte, wie ein sehr starkes Kind.

Sie gab mir feierlich meinen verschnürten Beutel wieder und kraulte in meinen Haaren. Sie lehnte sich zurück, und ich rollte mich auf ihrem Schoß ein wie eine Katze.

„Früher lebte ich hier", begann sie zu erzählen.

„Die Tempel! Wir haben sie gebaut. Auf den Feldern pflanzten wir breite Bohnen, Hirse und Früchte an ... aber nicht wie ihr jetzt! Wir haben die Pflanzen gerufen. Wir haben für sie gesungen und getanzt. Und als sie stark und groß waren und sich an Sonne und Mond genügend genährt hatten, haben sie uns ihre Kraft gegeben.

Wir haben mit unseren Pflanzen gelebt, gesprochen, gefühlt. Wenn wir sie aßen, war es ein feierliches Fest. Ihre Kraft ging niemals verloren. Wir nahmen sie in uns auf.

Ebenso sprachen wir mit den Steinen. Wir baten sie, uns beim Tempelbau zu helfen. Wir liebten sie, wir schliefen auf ihnen und schenkten ihnen unsere Träume. Mit unseren Händen haben wir sie zu uns gerufen. Zu uns gerufen."

Sie seufzte und starrte in den Himmel. Ihre großen Hände streichelten mich sanft.

„Meine Kleine! Wie klein seid ihr geworden! Nein, nein, ist das schade!"

Ich schämte mich, weil ich so klein war, aber sie las meine Gedanken und wischte sie schnell fort:

„Ich meine nicht deinen Wuchs. Es ist nur eine Frage der Übung, wie groß du bist ..."

Sie setzte sich auf, konzentrierte sich, verdichtete sich, wurde kleiner, breiter, dann machte sie ein ernstes Gesicht und pumpte sich größer und größer.

Sie grinste mich an.

„Ich spiele gerne mit meiner Masse. Wenn ich spüre, daß Menschen sich nähern, mache ich mich klein und dicht. Es war sehr schwer, als alle Frauen gegangen waren. Wie du weißt, bin ich als einzige hier geblieben.

Die Menschen, die sich hier ansiedelten, waren mir nicht gut gesonnen. Sie wollten meine Hilfe nicht. Daß ich breite Bohnen anpflanzte, ärgerte sie. So begannen sie, mich zu ärgern.

Eines Tages brannten sie alle meine Felder nieder. Da zog ich mich zurück. Immer wenn Menschen in meine Nähe kamen, machte ich mich klein und sie merkten nicht, wer ich war.

Sie erzählten sich Sagen über mich. In den Sagen lobten sie mich. Das machte mich immer sehr traurig. Ich hätte gerne mit ihnen gelebt. Aber ich mußte vorsichtig sein. Ich weiß, daß die Menschen gern alles zerstören, was ihnen Angst macht. Eigenartig ist es schon, daß ich dich nicht fühlen konnte, als du kamst. So vertraut warst du mir, daß ich dich erst wahrnahm, als du schon hinter mir standest. Bist du denn eine von uns?"

Jetzt schaute sie mich hellwach an, suchte in meinem Gesicht. Nahm meine Hände in ihre.

„Erinnere dich!" rief sie.

Unbehaglich befreite ich meine Hände aus ihren.

„Ich kann mich nicht erinnern", sagte ich traurig.

Ich fühlte mich wie ein Mensch, der sein Gedächtnis verloren hat. Ich ahnte, daß es irgend etwas gab, das uns verband, aber mein Gehirn war wie vernagelt.

Sie warf mir ein paar Bohnen zu.

„Iß", sagte sie aufgeregt.

Dann stellte sie mich auf den Boden und sprang auf.

„Komm, wir kämpfen", sagte sie.

Bloß nicht! dachte ich.

Aber sie hatte mich schon gepackt, dabei ließen ihre Augen mein Gesicht nicht los. Sie prüfte mich. Sie wollte unbedingt etwas Bekanntes an mir entdecken. Das machte mich traurig. Und wenn ich traurig bin, werde ich oft wütend.

Ich würde sie enttäuschen müssen. Ich war keine von ihnen. Ich war kraftlos, winzig, lächerlich, eine traurige Figur. Das würde sie schnell merken, und ich konnte mir schon vorstellen, was sie dann tun würde. Sie würde sich umdrehen, ihren Sack Bohnen nehmen und wahrscheinlich nicht einmal weggehen. Sie würde einfach traurig sein, weil sie gehofft hatte, ihresgleichen zu finden, und nur so eine winzige kleine Puppe aufgegabelt hatte.

Ihre starken Arme umklammerten mich.

„Erinnere dich!" schrie sie mich an. „Wir haben die Steine auf unseren Fingerspitzen balanciert! Erinnere dich! Wir haben sie mit den Handflächen geschoben und zusammengefügt. Erinnere dich doch!"

Aber ich konnte mich nicht erinnern.

Ich nahm ihre Hände und streifte sie von meinen Armen. Ich wollte weg. Ich versuchte mühsam, die Tränen zurückzuhalten. Was sollte dieser lächerliche Kampf, den nur sie gewinnen konnte.

Sie umklammerte mich aber wieder.

Diesmal stieß ich sie ziemlich unsanft weg und wand mich aus ihrem Griff.

Da schlug sie die Hände vors Gesicht und ihre Augen lachten mich über ihre Fingerspitzen hinweg an.

Unruhig blieb ich stehen. Der Proviantbeutel, den ich gerade aufheben wollte, kam mir so lächerlich winzig vor. Er lag ziemlich weit unter mir auf der Erde.

Ich schaute sie erstaunt an. Ihre lachenden Augen fingen meinen ratlosen Blick ein. Sie nahm die Hände von ihrem Gesicht. Unsere Augen waren auf gleicher Höhe.

„Ich kenne meinesgleichen, wenn ich sie sehe", sagte sie. „Ich fühlte dich nicht fremd und fremd bist du auch nicht."

Meine Verlegenheit fiel von mir ab wie eine alte Haut. Aus dieser alten Haut stieg die, die ich immer schon kannte in mir. Die mich auf die Suche geschickt hatte. Die tiefer fühlte, weiter dachte, genauer hinsah als ich.

Wir umarmten uns, sie murmelte meinen Namen, ich ihren. Es war eine Beschwörung. Eine Anrufung. Ein Lebendigsprechen. Ein Wiedererwecken.

Die Sonne ging auf.

„Ich muß gehen“, sagte sie und ließ mich los.

Im ersten Sonnenstrahl verblaßten ihre Konturen, in der Ferne, in der Nähe, ich konnte es nicht sagen. Ich wollte sie festhalten, doch vor mir tanzte nur der Dunst im ersten Licht der Sonne.

Ich hob die Bohnen auf, die aus ihrem Beutel gefallen waren und begann, eine zu kauen.

In der Ferne konnte ich das Meer sehen.

Ich setzte mich auf Kalypsos Felsen und starrte in den beginnenden Tag.

Ich erinnerte mich. Endlich erinnerte ich mich ...

LUISA FRANCIA im Verlag Frauenoffensive

„Berühre Wega“ (1982),
„Kalypso“ (1984),
„Mond, Tanz, Magie“ (1986),
„Drachenzeit“ (1987),
„Zaubergarn“ (1989),
„Spielend Scheitern. Ein Leidfaden für Frauen mit dreizehn Tips zum Mißerfolg“ (1990),
„Die 13. Tür“ (1991),
„Die schmutzige Frau“ (1992),
„SteinReich“ (1993),
„Auf der anderen Seite der Haaresbreite“ (1994),
„Starke Medizin“ (1995).